Satanic baby !

Dans la collection
polars en nord

Dernières parutions

159. *La part du mal*, de Gilles Delabie
160. *Dans les hortillonnages*, de Florence Altemani
161. *Une vieille affaire*, de Nicolas-Raphaël Fouque
162. *Dames de glace*, de Philippe Tassart
163. *Le sang des cors*, de Gérard Bertuzzi
164. *La casse*, de Marc Ménis
165. *GR sans issue*, de Martine Festas
166. *Je suis unique*, d'Anne Clerson
167. *Les murmures de l'ange*, d'Hervé Hernu
168. *Le disparu du Jimmy's*, d'Alain-Paul Autret
169. *Passage des Trois-Anguilles*, de Marc Le Piouff
170. *Lien de sang*, de Françoise Samsoën
171. *Aisne et trahison*, de Francis Essique
172. *Que tes volontés soient faites*, de Gilles Debouverie
173. *De fric et de sang*, d'Alain Stucker
174. *Vogue la colère*, de Guillaume Lefebvre
175. *Rock d'enfer*, d'Emmanuel Sys
176. *Fer de Lens*, d'Estelle et Richard Brichet
177. *Dans les griffes des loups*, d'Irénée Deltombe
178. *Code mafia*, de Pierre Machu

Robert Vincent

Satanic baby !

RAVET-ANCEAU

Du même auteur

Clou d'éclat à Étretat (éditions Charles Corlet, 2007)
Yport épique (éditions Charles Corlet, 2008)
Un havre de paix éternelle (éditions Charles Corlet, 2010)
Les Dames mortes (éditions Charles Corlet, 2010)
La Mort monte en Seine (éditions Charles Corlet, 2011)
Un Vélodrame en Normandie (éditions Charles Corlet, 2012)
La Main noire (éditions Ravet-Anceau, 2013)

Facebook à « Robert Vincent
polar-deux »

Blog : http://robertvincent.canalblog.com/

Titre original : *L'ange des chutes*

5 rue de Fives, BP 70123, 59651 Villeneuve-d'Ascq cedex
www.ravet-anceau.fr
ISBN : 978-2-35973-459-1
EAN : 9782359734591
ISSN : 1951-5782

Composition : Nord Compo à Villeneuve-d'Ascq

Les éditions Ravet-Anceau remercient
la Région Nord-Pas de Calais de son soutien.

RÉGION
NORD-PAS DE CALAIS

À nos amies italiennes

« Il était une fois…
– Un roi ! vont s'écrier mes petits lecteurs.
Non, mes enfants, vous vous trompez.
Il était une fois un morceau de bois. »

Carlo Collodi, *Les Aventures de Pinocchio.*

« Dans les temps antiques,
les métamorphoses se produisaient
et se racontaient avec plus de facilité. »

Andrea Camilleri, *Le Grelot.*

« Évidemment,
puisqu'il n'était pas un être humain.
C'était… une sorte de croisement. »

Ira Levin, *Un Bébé pour Rosemary.*

Avertissement

Ne t'étonne pas, aimable lectrice, gentil lecteur, de trouver dans ce roman notre héros Georges Faidherbe bien plus jeune qu'il ne l'était dans un précédent ouvrage. Entre-temps, il a subi une métamorphose qu'un autre récit raconte, chez un autre éditeur. Peu importe, cela ne gênera en rien ta lecture. Du reste, prenons les gens comme ils sont ici : des êtres de pure fiction.

PRÉLUDE

Un morceau en forme de pomme

Honfleur, Calvados, printemps 2013. Une silhouette pittoresque se hâte d'un pas alerte sur le boulevard Charles-V d'Honfleur : Jim Narcissus Godett, peintre et plasticien anglo-normand, soulève son chapeau de paille à ruban et trou-trous à la hauteur de la maison Satie pour saluer la mémoire du grand musicien. Il oblique soudain à droite et traverse bille en tête vers la grille d'entrée du jardin public.

À voir ce sexagénaire trottiner et sautiller comme un enfant, une main dans la poche, un passant ignorant le prendrait pour un fou. Erreur : J.N.G. n'est que follement gai. Au passage, il caresse d'une main potelée le mufle d'un des deux lions de pierre qui montent la garde à l'entrée de la tonnelle où il s'engouffre. Godett vient de conclure l'achat de sa nouvelle galerie à Honfleur. Cela fait des mois qu'il rêve d'un pied-à-terre artistique de ce côté-ci de la Seine, en plus de sa maison d'Yport. La concurrence est rude, l'immobilier est cher. Il a bataillé longtemps auprès des agences et a vaincu. Il exposera bientôt ses œuvres à la vente dans la rue Brûlée, près de Sainte-Catherine.

Un bonheur ne vient jamais seul. Alors qu'il descendait vers le boulevard, son regard a été attiré par une vitrine, à l'angle de la rue des Lingots et de la rue de l'Homme-de-Bois. Dans l'étalage de montres et bijoux divers, il a remarqué des objets en bois de pommier. Une soudaine envie de pomme sculptée, brillante et lisse comme une vraie l'a saisi. Il en a acheté une. Maintenant, il la caresse dans sa poche. Ce qui le transporte et le sort de lui-même au point de le pousser dans cette promenade, c'est le trop-plein d'une passion qu'il vient de se découvrir. Elle lui est tombée dessus comme un coup de foudre. À la manière d'Alexander Calder, Godett a longtemps pratiqué le mobile parallèlement à la peinture mais, en vérité, il avait une vocation secrète pour la sculpture qui taille à vif dans la matière. Elle vient d'éclore subitement au contact de cette pomme magique.

Alors il court, enthousiaste comme un amoureux au premier rendez-vous où il osera son premier baiser. Il passe derrière la Serre aux papillons. Aujourd'hui, il n'entrera pas admirer les couleurs des ailes des lépidoptères, non, il va prendre à témoin de son bonheur artistique tous les bustes du Jardin des personnalités. Mais cela ne suffit pas, il a encore trop d'énergie à dépenser avant de faire demi-tour. Et s'il allait se baigner nu dans l'estuaire ? La plage n'est plus très loin. Il aperçoit de l'autre côté de l'eau Le Havre miroitant au soleil. Le bleu du ciel est presque électrique. Les eaux de la baie vibrent comme sous l'effet d'un champ magnétique.

Et c'est à ce moment que Jim Narcissus Godett le voit, celui qui l'attendait. Celui que l'artiste attendait aussi est allongé lascivement sur le sable. Est-il faune, satyre ou Pan ? Dans cette position, les jambes ensablées, il faudrait être spécialiste en mythologie pour faire la différence. Il tend ses bras vers Jim Narcissus Godett. Pas très grand, les traits accusés d'un homme mûr, le regard enjôleur, un sourire un brin pervers. Irrésistible et prometteur. « Emmène-moi », semble-t-il lui chanter dans la brise marine.

Godett le dégage avec fébrilité de sa gangue de sable, le prend dans ses bras et l'emporte vers la ville comme il porterait un nouveau-né enlevé à sa mère.

Les passants en promenade sur la jetée ouest voient revenir l'artiste encombré d'un tronc d'arbre bavant l'eau saumâtre de l'estuaire, hérissé de quelques branches cassées. Le bois flotté a souillé son ensemble gris à la veste cintrée, toute pailletée de mauve, très chic en cette saison. Un coup de vent emporte le léger chapeau de paille. J.N.G. n'en a cure, il marche, en extase, déposer sa trouvaille dans son atelier, l'imagination pleine de la sculpture qu'il en tirera. La Nature a commencé l'œuvre, deux branches basses ont déjà l'aspect de pattes de bouc, deux plus longues en haut, des bras fins et musclés.

Le morceau de bois a trouvé son créateur.

Les mois défilent. Godett sculpte. À coups de maillet, de gouge, de rifloir, de râpe et de rabot, le bois prend petit à petit l'apparence dont l'artiste a eu la vision sur la plage de l'estuaire.

Prendre vie, la créature ligneuse s'en chargera elle-même, à n'importe quel prix. Au prix de vies à prendre.

CHAPITRE 1

Une caravane passe

Pont-Audemer, Haute-Normandie, printemps 2015. Le commandant de police Georges Faidherbe, un homme jeune, comme tout juste sorti de l'adolescence, extrait en souplesse son corps longiligne et fluet du siège passager d'une Mégane. L'agent Schlumpf, as du volant de la brigade criminelle du Havre, l'a conduit à tombeau ouvert jusque-là.

Faidherbe dégage d'un revers de main une mèche rebelle de cheveux roux qui vient caresser l'arête d'un nez long et fin. Il hume l'air dans toutes les directions. À ses pieds : bitume chauffé au soleil de midi, premières fleurs, herbes communes des talus, déjections canines. Au-delà : odeurs aquatiques de bord de rivière. Plus loin : effluves d'hydrocarbures et marins des bords de l'estuaire. À quelques mètres, il perçoit les traces olfactives d'un sang humain, derrière une palissade de toiles plastifiées. C'est une barrière installée à la hâte pour protéger la scène des voyeurs. La rubalise et les bâches sont en place. On ne l'a pas appelé pour rien.

Il pénètre dans le périmètre. Une interminable caravane anglaise de marque Chateau, couleur blanc cassé à rayures grises et vertes, est immobilisée le long d'une rivière, la Risle, tout près d'une centrale hydroélectrique qu'identifie l'inscription « RISLE ÉNERGIE », écrite d'une graphie naïve sur un panneau bleu. Porte et vitrages ouverts, la caravane est éclaboussée de taches de sang. Elle est prolongée par une Saab noire immatriculée en Grande-Bretagne, vide.

Les touristes britanniques, débarqués au Havre, sont descendus par la Côte de Quillebeuf et se sont garés le long du quai Félix-Faure, un peu après l'écluse qui sépare la Risle fluviale de sa partie maritime. À cet endroit, la rivière est soumise aux variations de hauteur et de débit de la marée. Un lieu idéal pour un *lunch time.* Il n'a pas le charme du centre-ville avec ses canaux et ses édifices médiévaux, mais il est pratique pour continuer directement vers Honfleur et la Côte fleurie. Sauf quand un événement imprévu coupe l'appétit.

Le lieutenant Lebru était de permanence ce matin de Pâques, il a été le premier sur les lieux. Il vient à la rencontre de son chef. Un troisième homme s'interpose, hirsute, débraillé, bancal. Pas un policier, un journaliste. Du chocolat souille les commissures de ses lèvres.

– Pour *L'Éveil* : peut-on avoir des précisions sur cet accident ? Où est l'autre véhicule ? Des victimes ? Des morts ? Des témoins ? Que fait une brigade criminelle du Havre de l'autre côté de l'eau, à Pont-Audemer, dans l'Eure ?

Lebru écarte sans ménagement l'intrus de sa main libre.

– Plus tard, Lalouette, dégagez.

Le policier arbore un air goguenard en picorant dans un cornet de papier des friandises, comme à son habitude. Cette fois-ci, ce sont des chouchous.

– Alors, mon commandant, on vient s'payer une bonne tranche de rosbif ? demande-t-il à son chef, qu'il a du mal à appeler patron depuis le retour de Faidherbe à la tête de la brigade. L'attitude de Lebru oscille même entre respect craintif et familiarité condescendante.

En parlant, Lebru crache des cristaux de sucre d'une bouche encombrée de miettes.

Faidherbe hausse les épaules, l'évite et avance saluer le juge d'instruction, le substitut du procureur, le légiste Foutel et le fidèle capitaine Fésol.

Le juge et le substitut sont pâles et comme recueillis. Secoués par ce qu'ils ont vu, ils lui serrent la main en levant à peine la tête. Fésol fume nerveusement une cigarette. Le Dr Foutel lui-même semble ébranlé :

– Parfois je me demande si je n'aurais pas mieux fait d'être urgentiste. Au moins il y a de l'espoir. Je vous préviens, la victime, là-dedans, est littéralement en compote.

– Qu'est-ce qui s'est passé selon vous ?

– Jetez un coup d'œil. Pour l'instant, je suis perplexe. Un individu à poil qui s'explose dans une caravane anglaise, c'est d'un goût assez douteux.

Le commissaire se retourne vers la caravane, fait quelques pas et, sans respirer, penche très brièvement la tête à l'intérieur. L'habitacle est très lumineux grâce aux larges baies dont les vitrages en polycarbonate sont brisés et surtout à cause de l'énorme trou qui crève son toit. Le tout est brun de sang séché. Des mouches ont pris possession des lieux et protestent contre l'intrus en bourdonnant. Le policier ne cherche pas à distinguer précisément le mobilier et les objets. Tout est constellé de fragments d'une bouillie sanglante à soulever le cœur. Au centre, un tas de chair en pâtée où des éclats blancs rappellent que cette marmelade avait récemment une forme et des os. Georges Faidherbe a bloqué sa respiration pour ne pas sentir les puanteurs de sang et d'excréments qui se dégagent de ce pudding atomisé. Il ferme les yeux et inspire une dose suffisante de cette pestilence. Le cocktail atroce est nimbé d'un très léger parfum de soufre. C'est fâcheux, ça. À moins qu'une usine de l'estuaire ait pollué la scène de crime. Ces odeurs se sont maintenant insinuées dans ses capteurs olfactifs hypersensibles grâce auxquels le policier bénéficie d'un odorat hors du commun. *Hélas pour lui*, pense-t-il en ce moment. Il manque de perdre l'équilibre au-dessus du carnage. Il fait pivoter sa longue carcasse sur elle-même et avale une grande rasade d'air frais avant de pouvoir parler.

– Vous avez dit à poil, Foutel ?

– Oui. Pas de vêtements, même en lambeaux, au milieu des chairs.

– Le conducteur du véhicule serait venu d'Angleterre jusqu'ici pour se faire sauter à la grenade ?

Le juge d'instruction intervient :

– Non. Les propriétaires sont sains et saufs et en état de choc. Un couple de retraités. Ils sont dans la fourgonnette des gendarmes. C'est eux qui ont prévenu. Ils n'y sont pour rien, je pense. Tout était en ordre à l'intérieur quand ils ont débarqué du ferry ce matin, disent-ils.

– Mais, dites donc, je n'ai pas vu la tête ! le coupe Faidherbe.

– Ah ! Vous avez remarqué aussi, intervient le légiste. Bravo, mon commandant ! Cela avait échappé à ces messieurs. Il faut dire que leur coup d'œil a été superficiel. La tête est introuvable. Peut-être que ce cadavre n'en a jamais eu… Ou qu'une belle Salomé nous l'apportera bientôt sur un plateau.

– Ce n'est pas le moment d'être sarcastique, Foutel, s'émeut le juge. C'est jour de Pâques, tout de même. On s'attend au gigot, pas à un steak tartare de chair humaine.

– Sale affaire, c'est moche, très moche. Et je ne parle pas seulement des statistiques du week-end, commente le substitut du procureur pour se manifester.

– Un passager clandestin aurait explosé ?

– Se serait crashé, plutôt. Vous avez vu le trou dans le toit de la caravane ? Pour moi, il est arrivé par là. Et pas de trace ni d'odeur de brûlure.

– C'est vrai, je n'ai pas senti non plus d'explosif, remarque le commissaire.

Il garde pour lui le si léger parfum de soufre. Le labo confirmera ou non cette trace. Inutile d'affoler la préfecture et le ministère pour l'instant.

– Alors, atterri mort ou vif ? demande le substitut.

– Je ne peux pas vous le dire encore, observe Foutel, vu la nature des restes. Sans tête, ce serait plutôt mort. Les projections de sang partout me font penser le contraire, toutefois.

– À l'odeur, je serais de votre avis, confirme Faidherbe.

Le légiste tend la main. Il s'apprête à prendre congé.

– Je compte sur les connaissances de Pastille au labo pour revenir en arrière sur l'état de la victime avant le crash. Physique, poids, vitesse et tout le tralala, c'est pas mon truc. Les analyses éclairciront tout ça.

– Eh bien, voilà, on avance à grands pas ! s'exclame avec jubilation le juge en se frottant les mains. Vous nous tiendrez au courant, Faidherbe, je compte sur vous. Le substitut et moi, nous rentrons au Havre. J'en ai assez vu pour aujourd'hui.

– Discrétion absolue pour l'instant, n'est-ce pas ? ajoute le substitut en désignant du menton un deuxième journaliste, appareil photo en bandoulière, qui s'est joint à son collègue de *L'Éveil*.

Une rumeur leur fait tourner la tête vers l'aval de la rivière. Sur l'autre rive, trois gendarmes sont penchés en avant, tournant le dos à un bâtiment de briques rouges, une ancienne cartonnerie à l'abandon. Sa longue façade à trous noirs, sans plus de fenêtres, hideuse comme un visage aux yeux crevés, rappelle que ses anciennes industries jadis florissantes, les papeteries comme les tanneries, bâties le long de sa rivière et ses canaux ont déserté la Venise normande. Les militaires font des gestes en montrant le lit boueux où le cours d'eau se fait plus paresseux. Une gendarme court vers eux. Elle n'a pas reconnu le commandant, hésite un instant et s'adresse au juge d'instruction, tout essoufflée.

– Je crois qu'on a trouvé la tête, monsieur le juge.

Les deux magistrats font grise mine. Faidherbe ne peut s'empêcher de pouffer de rire.

– On avance ! commente-t-il en s'élançant à grandes enjambées un peu raides comme un héron à la poursuite d'une rainette à ressort.

On court derrière lui. Lebru, Gros Poucet qui s'ignore, sème un chemin de miettes que suit le journaliste Lalouette en claudiquant.

CHAPITRE 2

Chef chauve, cou coupé

On est allé emprunter une longue gaffe aux pompiers. En attendant, on observe à quatre ou cinq mètres du bord une sphère irrégulière grise, en partie immergée dans la bourbe. Deux points blancs la rendent étrange. La boule boueuse regarde le ciel de ses yeux étonnés.

Le substitut est intrigué :

– Je ne vois pas de traces de cheveux. C'est un chauve !

Foutel fait semblant de se désintéresser de la découverte macabre. Il a pris un air bizarre et entreprend la gendarmette :

– Vous ne vous prénommeriez pas Salomé, par hasard ?

La jeune femme jauge d'un œil méfiant le légiste. Serait-il en train de la draguer ? Est-ce possible, est-ce décent dans de pareilles circonstances ? Mais elle ne voit pas de concupiscence dans le regard du bonhomme, seulement un air égaré. Elle glisse en rougissant :

– Non. Dalida. Ma mère adorait la chanteuse.

Curieusement, loin de s'esclaffer comme bien d'autres, le légiste pousse un soupir de soulagement. *Bizarre, ce type*, pense la gendarme.

La gaffe est arrivée, on agrippe la tête. Elle ne se laisse pas faire. Glissante, elle échappe à la prise et s'enfonce dans la gadoue. Un côté reste apparent, on devine le dessin d'une oreille sous la gangue. Un technicien de la Scientifique finit par se dévouer. Il enlève chaussures, chaussettes et pantalon, descend au milieu de la végétation qui borde la rive droite, progresse dans la vase, se saisit du chef décollé et se retrouve dans l'incapacité de faire demi-tour, prisonnier du limon de la rivière. Il faut envoyer une corde et utiliser un treuil pour retirer de la Risle l'homme et son trophée.

Le maire était venu aux premières constatations puis reparti. Il est de retour, regarde avec consternation les opérations. Puis, prenant à part les deux représentants de l'autorité judiciaire, il demande anxieusement :

– Allez-vous enlever la caravane bientôt ? Elle gêne le tourisme. Très mauvaise image pour la ville, ça. Très mauvaise, dans la période où nous sommes candidats à un classement par l'Unesco comme Venise normande.

– La Scientifique ne tardera pas à embarquer la roulotte, le rassure le juge d'instruction. Il faut seulement leur laisser le temps d'examiner minutieusement les environs et faire les relevés nécessaires, vous le savez bien, monsieur le maire.

– Qui peut bien être ce type ? se demande Faidherbe, songeur.

Il a parlé à haute voix mais passe mentalement en revue quelques hypothèses d'école : accident, assassinat, suicide.

– C'est peut-être une femme, d'ailleurs, remarque le substitut. Certaines se rasent le crâne, de nos jours. Eh ! Comment savoir pour l'instant, vu l'état du corps ?

– Vous avez raison, approuve Faidherbe. C'est peut-être une femme. Une chance sur deux.

– Je vous dirai ça, dès qu'on m'aura livré le paquet, la tête, les os et le reste, ne vous inquiétez pas. S'il n'y a que cela que vous voulez savoir, ce sera vite vu, promet Foutel en suivant des yeux un autre technicien de la Scientifique qui emmène à pleins bras la tête récupérée, emmaillotée dans une couverture comme un bébé.

Son collègue tout boueux l'a suivi jusqu'à leur véhicule et se nettoie sommairement avec une serviette avant de se rhabiller.

– Garçon ou fille ? lance Lebru au garçon de la PTS.

Le jeune homme le regarde, éberlué.

– Non, je rigole, mon poulot.

– Décidément, t'es trop con, Louis, lui assène son collègue Fésol.

Lebru lève les yeux au ciel et soupire. Il a sa petite idée, lui, passée déjà à l'état de certitude. C'est un homme. Il a déjà vu à la télévision des Anglais traverser à poil des terrains de foot. Toujours des hommes, malheureusement. De là à ce qu'un tel excentrique ait continué sa course exhibitionniste en caravane jusqu'en France…

Faidherbe et Foutel suivent machinalement le regard de Lebru vers les cieux et se laissent aller à des pensées moins extravagantes, silencieux, le regard perdu dans le ciel sans nuages. Les rêveries de chacun planent au milieu d'azurs divers : bleu de Giotto, peintre italien préféré de Foutel, la mer à Sainte-Adresse pour Faidherbe et un curaçao bien frais sur la terrasse du Café du Bout-du-monde pour Lebru à qui les émotions et les sucreries donnent soif. Rêverie étrange de Faidherbe : une magnifique femme nue nage la brasse dans le ciel. Mais Lebru s'impatiente :

– Bon, on va pas rester le nez en l'air à attendre que le ciel nous tombe sur la gueule, hein ? Qu'est-ce qu'on fait maintenant ? Il sera bientôt midi passé. On mange un truc dans le coin et on revient ? Ou on rentre direct au Havre ?

Ignorant l'humeur d'un subalterne, le juge donne ses instructions à Faidherbe :

– Tenez-moi au courant de vos conclusions, commandant. Je suis joignable chez moi jusqu'à lundi, dans ma maison de campagne près d'Honfleur. Bon courage et joyeuses Pâques tout de même, messieurs.

Il s'éloigne, reprenant la conversation avec le maire auquel il détaille les exigences de la procédure, les journalistes de *L'Éveil de Pont-Audemer* et de *Paris-Normandie* sur leurs talons. Le substitut poursuit, à l'adresse des trois policiers :

– Je n'aime pas ça, on dirait un attentat suicide. Mobilisez toute votre brigade. Nous sommes toujours sous Vigipirate. Nous n'avons pas le choix : il faut approfondir quand ça sent mauvais. Pour le coup, ça fouette ! S'il le faut, prenez d'autres fonctionnaires en renfort.

– Tout ce bruit pour rien ! Vous allez voir, renâcle le lieutenant Lebru dès que le substitut s'est écarté à son tour, c'est un suicide au camping-gaz d'un nudiste anglais, voilà tout ! Et sûrement à cause d'une femme. Les Anglaises incontinentes, je connais…

Les quatre cloches de Saint-Ouen sonnent à grande volée la fin de la messe de Pâques.

– Arrête de dire des conneries, Lebru, ça ne sent pas le gaz dans ce merdier, le coupe le capitaine Fésol en criant pour couvrir le vacarme allègre du plenum pascal.

– Non, ça sent un peu le soufre, précise Faidherbe mais les autres ne l'entendent pas.

Lebru est réticent au travail de terrain et préfère pianoter devant un ordinateur en grignotant des spécialités pâtissières. C'est lui qu'on a dérangé pendant sa collation matinale pour les premières constatations. Il a déjà vomi une fois. Il lui faut absolument manger quelque chose de plus substantiel que des chouchous.

La mauvaise volonté de Lebru exaspère Fésol autant que les miettes que son collègue sans gêne sème partout. Sans compter son anglophobie et sa misogynie primaire, « secondaire et tertiaire », ajoute toujours Durozier, autre membre de la brigade.

Faidherbe entraîne ses deux subordonnés vers la fourgonnette des gendarmes.

– Allons entendre les témoins.

– Ça tombe mal, je n'entends rien à l'anglais, grommelle Lebru, fâché avec cette langue depuis une bourde mémorable[1].

– Ça te donnera l'occasion de te taire et de l'apprendre, répond Fésol.

Une nouvelle voiture de police vient se garer. L'inspectrice Aelez-Bellig Chouchen en descend. Le journaliste Hugues Lalouette se précipite vers elle, aussi vite que lui permet son pied gauche mécanique.

Elle lui paraît plus belle encore que dans ses souvenirs, quand ses airs timides et pincés de débutante encore à l'étroit dans son tailleur le bouleversaient. Elle paraît bien à l'aise maintenant que l'expérience lui a donné de l'assurance mais n'a rien perdu de son charme. À l'aise. Elle se prénomme « À l'aise », c'est ça, il ne sait plus comment ça s'écrit, mais c'est plutôt prometteur comme prénom. Il va la mettre à l'aise, tiens, tu vas voir !

Son buste, éclairé par la lumière diffuse qui passe à travers les branches d'un prunus en fleurs, se dresse au-dessus d'une haie de lauriers. Cette fille a la blondeur craquante : sous un carré faussement sage, son visage tout rond est constellé de petites taches de son sur une

1. Cf. *Un vélodrame en Normandie*, Corlet, 2012.

peau hâlée par les premiers rayons, le teint est un peu rosâtre au niveau du cou. *Délicieux*, pense Lalouette. Entre les pans de sa veste grise, on devine sous le corsage deux petits globes parfaits qui paraissent si légers qu'on jurerait qu'ils vont s'envoler. Vite, il faut la faire parler avant que ces merveilles ne s'évadent sous d'autres cieux.

La policière a reconnu cette démarche bancale. La petite vrille dessinée en l'air, entre chaque pas, par le membre artificiel est comme une signature : voici Hugues Lalouette, « l'apache flamboyant du journalisme régional ». Il a quitté la Seine-Maritime après bien des déboires[1] et s'est installé dans l'Eure.

CHAPITRE 3

Lalouette a la plume acide

– Hep ! Mademoiselle... Ah ! Mince ! Comment déjà ? Mademoiselle... Hydromel !

Le lieutenant Chouchen ignore le goujat qui ridiculise son nom. Elle se dirige, déterminée, vers ses collègues pendant que le journaliste tente un virage pour la rencontrer. Sur son pied artificiel, raide comme la pointe d'un compas, il pivote, mais il est ralenti.

– Mademoiselle Gueuze ! Lambig ! Pilsen ! Fischer ! Kronenburg ! Merde !

Trop tard, il l'a manquée. Aelez-Bellig Chouchen a déjà pénétré dans l'espace de sécurité derrière lequel ne dépassent que sa jolie tête et son buste charmant. Le

1. Cf. *Les Dames mortes*, Corlet, 2010.

journaliste se replie à quelques mètres de distance, de l'autre côté de la rue. Il déplie sa canne-siège en cuir et acajou. Il l'attendra de son pied ferme, celle-là, pour l'information qu'il doit à l'opinion publique et pour des raisons moins avouables.

Après quelques mots à son supérieur, elle visite à son tour la caravane, prend des notes, se baisse et disparaît, réapparaît plus loin. Lalouette l'imagine se fléchissant dans sa jupe étroite, cambrant son petit corps comme une danseuse. Elle grimpe sur une échelle pour voir par-dessus la caravane. Il n'en perd pas une miette. Mais ce jeune rouquin dégingandé, à ses côtés, a l'air de la draguer. Comment pourrait-il en être autrement devant cette beauté fatale en tailleur gris ? Qui est-ce, lui, au fait ? Depuis qu'il s'est installé à Pont-Audemer, « de l'autre côté de l'eau », Hugues Lalouette n'a pas suivi ce qui se passait à la brigade du Havre. Il sait que le commissaire Georges Faidherbe a subi une métamorphose à la suite d'une intoxication médicamenteuse : le séduisant quinquagénaire a pris l'apparence d'un enfant préhistorique. Le policier à l'air de jeune premier que l'inspectrice écoute en jetant de temps en temps un regard glacé vers le journaliste rappelle vaguement le Faidherbe de naguère. Serait-ce un fils, un neveu, un sosie ? En tout cas, il paraît bien jeune pour un officier de police.

Le lieutenant Aelez-Bellig Chouchen acquiesce une dernière fois aux ordres du grand roux et se tourne vers le gazetier. Lalouette ne va pas se laisser enfumer et va même retourner la situation à son avantage en jouant l'atout charme. Il a des heures de vol, lui, question drague, plus que ce minet, assurément.

Mais il n'a pas le temps de réagir. Chouchen traverse la rue lestement et se campe devant lui et son collègue du *Paris-Normandie* qui s'est approché, sentant venir l'information. Lalouette bouscule son collègue pour être aux premières loges, au niveau du balcon enchanté de la policière. Chouchen l'observe un temps, toujours étonnée par ce faciès de canidé sauvage : Lalouette est un châtain tirant sur le roux. Quand Faidherbe arbore une rousseur flamboyante, l'échotier porte, lui, une rousseur de rouille sur des cheveux courts frisottés. Yeux en amande, pupilles d'une mobilité permanente et insaisissable. Un regard agaçant. Ses oreilles sont haut placées, comme en alerte. Son nez étroit serpentine vers une bouche longue aux lèvres fines, pincées. Le menton n'est même pas fuyant, il est presque inexistant. Bref, ce type a tout du fouineur et du maître en rapine, mais il vaut mieux l'apprivoiser que de l'avoir comme ennemi.

– Messieurs, communiqué de presse ! Que voulez-vous savoir ?

– Ce qu'il s'est passé ici ?... Un accident de la circulation ? Un attentat ? hasarde le journaliste du quotidien havrais.

– Appelons cela un accident domestique ambulant. Des Anglais, une cartouche de camping-gaz qui chauffe et explose.

Le reporter de *L'Éveil* objecte :

– Je ne vois pas les pompiers et la caravane n'a pas l'air d'avoir flambé ! En revanche, ces hommes en blanc de la Scientifique me disent qu'il y a eu une ou plusieurs victimes, et que l'on fait des relevés pour une enquête, non ?

– Certes, et, c'est systématique, ça, monsieur Lalouette.

– Hé ! Vous vous souvenez de mon nom, ma belle ! Je suis très touché, fait Lalouette en plongeant un regard qu'il voudrait intense dans le gris-bleu des yeux de la jeune femme.

Le regard descend plus bas, Chouchen ferme sa veste. Cette première tentative de séduction massive repoussée n'empêche pas le journaliste d'ergoter encore :

– Mouais… surtout quand il y a un cadavre… ou plusieurs. Dites-m'en davantage, mon petit. Vous ne connaissez pas ma plume redoutable : elle galope sur un cheval fou si on ne bride pas mon imagination. Bref, je raconterai n'importe quoi, quitte à tremper un agent du MI6 dans la Risle si on ne m'arrête pas.

– Du calme ! Dites dans votre canard qu'il y a eu une victime.

– Homme ou femme ?

Le lieutenant répète en prenant un joli petit air buté :

– Une victime, point final.

– Quoi ? Vous ne savez pas ? La victime n'est pas sexuée, c'est ça ? Alors c'est un extraterrestre.

– Chiche, essayez d'écrire ça ! Sérieusement, l'état du corps ne permet pas, pour l'instant, de savoir à qui on a affaire.

– C'est dire l'état du corps…, remarque Lalouette.

– Pour moi ça ira, dit le journaliste de *Paris-Normandie* en rangeant ses notes. J'ai déjà un titre « Un Anglais s'éclate en Normandie »… mais je ne sais pas s'il passera. Au plaisir, j'ai quelques fins de messes à couvrir.

Lalouette, appuyé sur sa canne, s'accroche :

– Alors comme ça, Le Havre enquête dans l'Eure ?

– Nouvelles mesures : le dézonage. Nos autorités ont enfin pris conscience de l'existence du pont de Normandie et ont redessiné les secteurs de compétence régionale. Elles anticipent la fusion des régions. Il est plus rapide d'intervenir ici du Havre que d'Évreux. Pareil pour Honfleur, plus proche de nous que de Caen.

La jeune femme est obligeante, elle accepte de donner un peu de grain à moudre à ce journaliste qu'elle connaît bien. Elle est aussi apitoyée par son infirmité. Ça ne doit pas être facile de courir après l'info avec un pied artificiel, surtout quand on n'est plus très jeune, comme Hugues Lalouette. Il a bien vingt ans de plus qu'elle.

Grande gueule mais fine mouche, Lalouette ressent confusément tout ça, ne s'en vexe pas mais en profite.

– Votre chef, là, le grand qui dirige l'enquête, je ne le remets pas. Qui est-ce ?

Elle paraît embarrassée.

– Je croyais que vous aviez reconnu notre commandant, Georges Faidherbe.

– Cet ado boutonneux, Georges Faidherbe ? Vous voulez dire Georges Faidherbe le jeune, alors. Un fils ? Le bougre est coureur, il a dû en semer partout.

– Non, c'est le Georges Faidherbe, l'ancien, le seul, le vrai, l'authentique, martèle Chouchen qui commence à perdre patience.

– Celui-ci fait presque deux mètres. L'autre était grand, mais tout de même...

– Les nouvelles générations sont plus grandes, vous le savez. Il a pris cette mesure.

Le journaliste baisse la voix :

– Et ces grands panards ? C'est au moins du cinquante ! J'ai l'œil question chaussures depuis que je suis appareillé.

– N'exagérez pas, ce n'est que du quarante-huit.

– Nom de Dieu ! Qu'est-ce que vous me chantez là ? On m'avait dit qu'il avait complètement dégénéré et qu'il était rayé des cadres actifs de la police.

– Erreur, en congé de longue maladie seulement, explique posément la policière. Mais suite à un contre-choc à Bagnoles-de-l'Orne[1], il a rattrapé une taille, un âge et une apparence qui lui ont permis de reprendre son poste à la brigade du Havre. Il lui faut seulement se vieillir un peu. Vous le voyez, il a laissé pousser un petit duvet sur son visage. Il s'habille comme un homme d'âge mûr. D'accord, ça peut paraître étrange mais après tout,

---

1. Cf. *Un vélodrame en Normandie*, *op. cit.*

pour l'état civil, il est un quinquagénaire. En ce moment, il subit une poussée d'acné juvénile.

De fait, à part des arcades sourcilières très légèrement prononcées et un léger prognathisme, il n'est rien resté de l'apparence pithécanthropienne antérieure du commissaire. À 50 ans bien passés, il ressemble en un peu plus grand à ce qu'il était à 18 ans, à ces détails près, au grand ébahissement de la science.

– Quelle horreur !

– Rassurez-vous, on lui a prescrit une crème contre les boutons.

– Cruelle, vous me menez en bateau, c'est ça ?

Pris par une sorte de vertige à la nouvelle, le journaliste stupéfait tangue autour de sa pointe de canne. Son pied gauche artificiel, affecté de vibrations nerveuses, laboure la poussière du trottoir. Il poursuit :

– Et intellectuellement ? On le disait retourné à l'enfance de l'humanité. J'ai lu des articles de confrères...

– Pensez-vous ! Un prodige, un surdoué. Tenez-vous bien à votre canne, monsieur Lalouette, en quatre ans, il a dépassé mes dix-sept ans d'études. On l'a réintégré dans le corps des commissaires avec un master en droit, obtenu les doigts dans le nez en moins de trois mois. Un prodige, vous dis-je.

– Pas possible ! Si c'est vrai, je tiens un papier du tonnerre !

– Mais c'est vrai, si ça vous paraît invraisemblable. Eh ! on ne vous a pas attendu, les journalistes scientifiques se gargarisent déjà de son cas.

Un silence. Elle regarde de loin son chef avec un petit plissement des yeux charmant qui fait trembler de plus belle la jambe de Lalouette.

Piqué par la jalousie, le journaliste se fait sarcastique :

– Ce doit être excitant, pour une femme, un homme expérimenté dans un corps jeune, en pleine santé, tout en muscles longs, hein ? Hein ! hein !

Aelez-Bellig Chouchen se retourne vers le journaliste et le toise avec dégoût :

– Tout à fait. Un esprit sain dans un corps sain, quoi ! Vous devriez en prendre de la graine, Lalouette ! Et rien de ce que je vous ai dit ne paraîtra dans votre article, c'est entendu ? Sinon, Schéhérazade vous privera de la suite de l'histoire de la caravane. Et en supplément, elle vous enverra sa babouche aux fesses. Et comme vous le voyez, elle pique.

Elle tend le bout en pointe de flèche de son escarpin.

– Ne prenez pas la mouche, princesse à la peau lisse. Je ne vous veux que du bien, à vous et à tout le corps policier, féminin de préférence, se récrie Hugues Lalouette.

Il montre du bras le ciel et se fait soudain lyrique :

– Ce matin, alors que je dispersais au-dessus de mon misérable carré d'herbe quelques œufs en chocolat, pour moi seul, pauvre enfant solitaire, je vis passer dans l'azur serein la rondeur sensuelle d'une montgolfière. Alors, je me dis : « Hugues, voici un signe favorable d'amour et de paix pour cette belle journée pascale : un œuf aérien, léger comme un sein volant. Hardi, mon garçon, cette journée est la tienne ! » Lorsque je vous ai vue, le présage s'est confirmé à mes yeux étourdis par vos charmes. Ne me déclarez donc pas la guerre, mignonne policière. Votre corps et le mien doivent marcher la main dans la main dans une démocratie comme la nôtre. Faute de quoi, nous irions vers les désordres, l'émeute, la guerre civile, que sais-je… l'apocalypse peut-être ?

– Qu'à cela ne tienne, la tartine au chocolat ! rétorque Chouchen, amusée par les envolées du journaliste. Mais ne trempez pas trop votre plume dans cette enquête comme dans nos vies privées, et nous serons bons camarades. S'il sort quelque chose de fielleux de votre esprit vagabond, vous lirez les dernières nouvelles dans les journaux concurrents.

Le lieutenant fait demi-tour et traverse la rue avec la légèreté d'un oiseau. Elle se dépêche de retrouver ses collègues.

Elle est prête à parier que le Lalouette est en train de lui mater les fesses. Et puis, qu'est-ce qu'il a voulu dire, ce vicelard de torche-papelard, avec son « sein volant » ? À cause de lui, elle se sentirait presque conne. *Cerveau lent, toi-même. Folliculaire de mon cul.*

CHAPITRE 4

Deux Anglais sur le continent

La vieille dame prend Georges Faidherbe pour le groom d'un hôtel, trompée par son apparence d'adolescent qui a trop vite poussé :

– *All right, young fellow. You'll find our luggage in the boot*[1].

Sous une chevelure grise relevée en chignon, deux yeux verts pétillants de malice ou d'irritation, un nez retroussé au-dessus des poils d'une esquisse de moustache ont accueilli le commissaire français. La vieille Anglaise a l'espoir d'être enfin dégagée des formalités policières continentales. Parée de cette élégance anglaise indéfinissable, elle porte un chemisier blanc à jabot de dentelle, une veste cintrée grise. L'ensemble se prolonge d'une interminable jupe mauve, d'où émergent deux longs pieds gainés de bas de laine violette qui siéraient à un évêque anglican. Leur vive couleur éclate à travers les jours d'une paire de nu-pieds en cuir brun tout droit

1. Très bien, jeune homme. Vous trouverez nos bagages dans le coffre.

sortis des mains d'un artisan hippie. Sur la banquette, à côté d'elle, elle a posé un chapeau ocre à plusieurs étages. Son couvre-chef fait penser à une ziggourat babylonienne, rescapée d'un déluge de cinq mille ans.

Le commandant Faidherbe ne se laisse pas démonter par ce vieux tableau britannique. La conversation suit en anglais, langue que par un prodige de l'intelligence et de l'instruction, Georges Faidherbe, rajeuni, a maîtrisée en moins d'un an. Lebru essaie de suivre la discussion, silencieux ou presque. Il dévore des Pailles d'or d'un paquet de réserve. Une saisie sur les coupe-faim de la journée.

– Vous ne pensez pas sérieusement, commissaire, que nous ayons pu amener un clandestin en morceaux de Grande-Bretagne ? N'est-ce pas, Archie, que ces malheureux veulent entrer chez nous et non pas en sortir ?

Mr Archibald Smith hoche distraitement la tête et laisse sagement Prudence Smith mener les négociations avec les Français. Il jette un regard furtif sur le rétroviseur du fourgon pour vérifier que les pointes de ses moustaches blanches continuent à remonter fièrement en dépit des événements fâcheux de la matinée.

Avec les préjugés de la jeunesse, Georges Faidherbe se demande si le grand âge de Mr Smith – il semble avoir dix ans de plus que son épouse qui frise déjà avec les 75 ans – n'explique pas ce mutisme débonnaire. Il ignore que le Pr Smith a décidé une fois pour toutes, le 25 avril 1985, jour de son départ en retraite après une brillante carrière d'éducateur, de ne plus jamais se laisser dépasser par les événements et que depuis ce jour, il a tenu sa résolution avec succès.

Un rapide coup d'œil sur l'application Wikipédia de son mobile renseigne Faidherbe sur l'Anglais. « Archibald Smith a fondé dans les années 1960 un pensionnat aux principes éducatifs révolutionnaires de renommée internationale, exposés dans sa trilogie *Enfants chéris de Springhill* [1967], *Laissons-les pousser* [1968] et *Mêlez-vous de vos oignons* [1969], faisant de lui un Rousseau des Temps modernes. [...] Les honneurs ont plu sur le professeur à partir du moment où il a annoncé qu'il se retirait et fermait son école qui n'avait pas trouvé de repreneur. [...] Docteur *honoris causa* de nombreuses universités, il apporte son expertise dans le domaine de l'éducation à tous ceux que cette question intéresse mais avec un sage détachement depuis qu'il prend de l'âge. »

– Avez-vous remarqué quelque chose de particulier ce matin pendant que vous rouliez, mister Smith ? demande Faidherbe.

– *The sky was blue and the wind was low*[1], répond laconiquement l'Anglais.

– Qu'est-che qui dit ? demande Lebru en grignotant une Paille d'or comme un lapin sa carotte.

– Le ciel était bleu et le vent faible, traduit le commandant. Je ne sais pas encore ce qu'il veut dire, mais c'est assez beau. *Well said, old chap, but what do you mean*[2]*?*

– C'est important quand on tracte une caravane, reprend Mrs Smith.

Mrs Smith n'est pas choquée par le langage du commandant de police français. Car c'est un Français. Un Français qui parle un excellent anglais, mais même un *bobby* ne se permettrait pas cette familiarité. Et elle veut rester maîtresse de la conversation.

– C'est moi qui conduis, Archibald pilote. Mais revenons à l'essentiel, *constable*[3]. Il est indubitable que nous avons reçu cette... chose après notre débarquement en France. Archibald a vérifié que rien n'avait bougé dans la caravane jusque dans les toilettes, immédiatement avant de sortir du ferry. Il n'y avait personne à ce moment. Alors je m'interroge, n'est-ce pas ?

1. Le ciel était bleu et le vent faible.
2. Bien dit, mon vieux, mais qu'est-ce que vous voulez dire ?
3. Monsieur l'agent.

Tout cela est dit avec des paroles détachées, aux syllabes bien distinctes d'un accent de la haute société. Lebru tourne la tête, n'écoute plus, sa vision se trouble. Qu'est-ce qui lui arrive encore ? Ce n'est pas la première fois qu'il a ce genre de désagrément. Il a trop faim, sûrement, et ces Anglais le soûlent. Il ouvre un autre paquet de Pailles d'or.

Faidherbe, lui, y voit plus clair : il est évident à ses yeux que, malgré ses airs décidés, Mrs Smith ne sait rien du tout sur cette affaire. Elle affirme qu'ils ne se sont pas arrêtés un instant entre leur débarquement et leur arrivée à Pont-Audemer. C'est invérifiable, à moins de lancer un appel à témoins dont le résultat sera douteux. Il la croit.

Leur lenteur à faire la courte distance entre Le Havre et Pont-Audemer s'explique parce qu'ils ont voulu éviter le péage des ponts de Normandie et de Tancarville. Ils sont donc descendus jusqu'à celui de Brotonne, gratuit. Des amis leur avaient déconseillé le bac de Quillebeuf car à marée basse l'angle formé par la cale et le plateau d'embarquement aurait endommagé la flèche de la caravane.

Or, quand on est peu habitué à rouler dans le mauvais sens – Mrs Smith veut dire à droite –, on se doit d'être extrêmement prudent. D'où leur allure d'escargot. D'ailleurs, les Français ont une façon dégoûtante d'aimer les escargots, ils les mangent. Elle ne serait pas surprise qu'on découvre que Mr Smith et elle-même ont été victimes de la vengeance d'un chauffard français irascible, exaspéré de lambiner au cul de ces gastéropodes d'outre-Manche, le long des cent sept kilomètres qui séparent les deux villes.

– Au moment où Archie s'est garé sur le bas-côté, nous avons entendu un grand bruit. Je me suis retournée et la lunette arrière était éclaboussée d'une matière rouge. J'ai d'abord pensé qu'un galopin nous avait bombardés avec une pastèque. Ça nous est arrivé une fois en Yougoslavie, à l'époque où il existait une Yougoslavie, vous en avez peut-être entendu parler, jeune homme.

– J'y ai même escorté un président de la République dans le temps, répond Faidherbe. Quelle heure était-il ?

La vieille dame le regarde avec incrédulité. Comme elle est bien élevée, elle ne commente pas cette incroyable confidence de la part d'un homme si jeune. Ces continentaux mentent avec un aplomb renversant.

– Onze heures a.m. Je suis sortie et c'est là que j'ai découvert que notre caravane était touchée et que notre lunch était compromis. Êtes-vous encore en guerre, de ce côté-ci de la Manche ? demande-t-elle sarcastiquement.

– Au Mali, mais je crois que les djihadistes n'ont pas encore de lanceurs de pastèques de longue portée.

Prudence Smith rit d'un hennissement qui vrille les tympans. Archibald grimace, ou sourit. On ne sait pas.

Le commandant décide qu'il en a assez entendu et confie à la maréchaussée le soin de conduire le couple à l'hôtel. Ils doivent rester quelques jours à la disposition de la justice française. Sur le conseil d'un gendarme qui a jaugé les capacités financières de ces riches nomades, ils sont dirigés vers l'*hôtel de Belle-Isle*, près de la route de Rouen, un quatre étoiles dans un cadre arboré magnifique, enserré par deux bras de la Risle. De quoi leur faire temporairement oublier la perte de leur chère caravane de marque Chateau.

– Tu vas être heureux, Lebru, on rentre.

Le lieutenant passe une main devant ses yeux, puis une autre.

– Sais pas. J'y vois rien. J'y comprends rien.

– Moi non plus.

La phrase de Mr Smith trotte dans l'esprit de Faidherbe comme quelque chose d'essentiel qui ne veut pas se laisser saisir : « Le ciel était bleu et le vent faible. » Est-ce une lecture ou une chanson des Beatles de sa première enfance qui revient, comme en tanguant, survivante du naufrage de sa mémoire ?

Soudain, le policier comprend que le vieil homme a mis l'accent sur deux points capitaux : quand il fait extraordinairement beau, quoi d'autre qu'un corps humain pourrait choir du ciel, à part une météorite – il en tombe dix mille tonnes par an ? Cette chute paraît la seule explication vraisemblable du trou dans le toit et de la présence de l'intrus dans la caravane, s'il n'a pas pu monter entre le moment du débarquement du ferry et l'arrêt à Pont-Audemer. Deuxièmement, le fait est très certainement lié à ces conditions météorologiques favorables. C'est exactement parce qu'il faisait beau et que le vent était faible que la personne, homme ou femme, est tombée du ciel. Faidherbe décide de communiquer le résultat de ses réflexions à son équipe et d'en faire une base sérieuse d'enquête.

– Je crois avoir compris quelque chose, Lebru. Lebru ? Où es-tu ?

Le lieutenant est allongé sur l'herbe, à l'ombre, les mains sur la poitrine comme un gisant médiéval. Faidherbe met ça sur le compte de la glycémie. Son collègue est réglé comme une horloge. Sa gourmandise le tuera. S'il n'a pas un repas conséquent à son heure, il dépérit et s'il mange, il se goinfre de sucreries jusqu'à friser le coma. Lebru a un tempérament excessif, toujours hypo ou hyper quelque chose. Tant pis et tant mieux, Faidherbe lui confiera quand même ses réflexions, l'autre ne commentera pas et ce n'est pas plus mal. Il se plante à ses pieds. Lebru est aussi figé qu'un cadavre.

– Quelle sorte d'aéronef a besoin de conditions aussi favorables pour voler, Lebru ? Tous, quand ils sont légers. Faut-il écarter l'hypothèse que la victime a été propulsée en l'air par un canon ? L'homme ou la femme canon, attraction de cirque ancien. Une catapulte, un trébuchet ?

Le lancer de cadavre, ça s'est pratiqué, contre l'Anglais félon, mais c'est d'une autre époque et il y a belle lurette que la guerre de Cent Ans est terminée, *isn't it*, Lebru ? Alors ?

Le téléphone mobile de Fésol, qui discutait à deux mètres avec les gendarmes, sonne.

– Ah ?... Non... C'est pas possible... Encore !... Un ver ? Un ver de terre géant. Quelle horreur !

La face décomposée, le policier met la main sur le micro et informe ses collègues :

– On a un nouveau cadavre sur les bras !

Le commandant est patient. Il attend la suite avec une résignation stoïque. Lebru se secoue. Le malaise passe, il s'assoit péniblement, assommé par un mal de tête épouvantable, puis se relève en titubant, la bouche sèche, l'humeur mauvaise. Il aboie sur Fésol comme un vieux chien famélique :

– Tu accouches ou il faut t'arracher les mots aux forceps ?

– Du calme, mon vieux, et parle-moi sur un autre ton, tu vas manger bientôt. Un type vient de tomber...

– Oh ! tu déconnes !

– Oui, tomber du ciel...

– Où ? mais où, merde ? demande Lebru en battant des bras sur ses flancs, doublement fâché de l'accumulation de travail qui lui tombe des nues pendant son jour de permanence et de sa faiblesse.

Le commandant reste muet, pensif, le regard levé vers l'azur.

– À Honfleur, sur la flèche du clocher de Saint-Léonard. Il s'est embroché, précise le capitaine Fésol.

– Embroché !

– Les pompiers ont déployé la grande échelle.

– Ah ! Et... ?

La voix de Fésol se fait plus faible, ils sont obligés de se pencher pour l'entendre ajouter :

– Il gigote comme un ver sur son hameçon. Et il arrose de sang les badauds.

Les yeux du capitaine de police Fésol se révulsent soudain, son visage pâlit. Il a lâché son portable qui roule du trottoir sur la chaussée. Lui-même tomberait la face en avant par terre, si Faidherbe et Lebru ne le soutenaient pas.

– Enfin, mais qu'est-ce qui se passe ? Aucun de vous ne tient deux minutes debout, les gars ! s'exclame Faidherbe. On vous regarde, les gendarmes, la presse…

De fait, Hugues Lalouette rit sous cape, à quelques mètres d'eux, bien campé sur ses jambes, car il tient debout, lui, en toutes circonstances, contre vents et marées. Et si une jambe tremblote, c'est le signe d'une impatience, celle de savoir, coûte que coûte, la vérité, et de la divulguer à des Normands incrédules et stupéfaits.

Ses collègues allongent Fésol avec précaution sur le sol et Lebru se fait un plaisir de lui asséner deux claques sonores :

– Reviens à nous, fillette !

CHAPITRE 5

Le ver est ceint de cuir noir

Ils se sont engouffrés dans les voitures de service. Schlumpf a adopté sa conduite rallye de Monte-Carlo et se targue de couvrir en vingt-cinq minutes au lieu de quarante les vingt-huit kilomètres séparant les deux villes par la route de l'estuaire *via* Toutainville, Foulbec et Conteville. Sinueuse, elle est à peine plus longue, plus pittoresque et surtout moins fréquentée que la route directe. Il faut seulement prier que personne ne vienne en face.

Insensible aux virages, Faidherbe aperçoit furtivement le panorama de la vallée de la Risle, avec ses étangs cloisonnés par de minces buttes de terre plantées d'arbres au sortir de la ville. Puis défilent, en contrebas, sur sa droite la vallée de la Seine, çà et là les maisons et manoirs à colombages, les vaches à petites taches marron qui, sous les pommiers en fleurs, les regardent passer en trombe. Schlumpf jette un coup d'œil régulier sur le rétroviseur ; une autre tache, rouge celle-là, ne quitte pas le miroir : c'est la Triumph Spitfire de Lalouette. Le journaliste s'accroche. En dépit de son pied artificiel, le bougre pilote avec adresse.

Le commandant observe le ciel bleu, songeur. Étonnamment, ni la vision d'horreur, ni l'odeur immonde perçue tout à l'heure n'occupent son esprit. Il se prend à fredonner *Tombé du ciel* d'Higelin. Il y est aussi question d'un clocher. Sur son iPhone, il en a vite toutes les paroles. C'est bien ça : « … Poseur de girouette / du haut du clocher donne à ma voix / La direction par où le vent fredonne ma chanson… » La réponse à ses questions tombera-t-elle du ciel ? Ce serait bien la première fois. Il met en service Flightradar24 Pro, une application qui indique le trafic aérien. Pas d'avion au-dessus d'Honfleur en ce moment.

Il se penche en avant, autant que lui permettent la ceinture de sécurité et les mouvements imprimés au véhicule par la conduite sportive du chauffeur. Il a l'estomac solide. Pourtant il se félicite d'être à jeun : il pourrait vomir à l'oreille de son subordonné assis à côté de Schlumpf. Il crie pour couvrir les rugissements rageurs du moulin :

– Fésol, dès qu'on arrive, appelle l'aéroport de Saint-Gatien et demande un relevé de la circulation aérienne depuis ce matin 9 heures.

Fésol, le teint gris, fait longue mine et pâle figure. Sa femme Rolande appréciera peu cette sortie « exceptionnelle et brève » un jour de Pâques. Il devait emmener les garçons à la pêche sur les quais du Havre cet après-midi. Il n'a pas encore déjeuné, s'est évanoui une fois, et cette journée de boulot se présente exceptionnellement longue et éprouvante pour les nerfs. De plus, même s'il ne dit rien en présence de ces deux malades de la vitesse, la conduite de Schlumpf lui tord les boyaux. Bref, il se sent d'humeur massacrante. Et – il le sent – le pire est à venir.

Le chauffeur coupe par la Rivière-Saint-Sauveur pour entrer directement dans le quartier Saint-Léonard, sur les hauteurs. Sirène hurlante, il ne ralentit pas sur les étroits dos-d'âne de Cantelou, au risque de briser les amortisseurs et de fracasser le crâne de ses passagers contre le toit de son bolide, une Mégane RS Collection de 265 chevaux. Tous les services sont jaloux de cette voiture et se demandent par quel entregent Faidherbe a obtenu du ministère cette bête de course pour lui et son chauffeur. De mauvaises langues accusent le commandant de se faire sponsoriser par Renault Sport à Dieppe où il s'est fait des copains depuis qu'il s'est entiché, pour son usage personnel, d'une ancienne Alpine A110 berlinette remise à neuf.

Schlumpf a précédé Chouchen et Lebru. Eux ont pris la départementale qui monte vers Saint-Maclou avant de redescendre sur Honfleur, ont sagement contourné les ronds-points et se sont retrouvés en contrebas au niveau des bassins, bloqués au milieu des véhicules et des piétons qui s'agglutinent sur le pont de la Lieutenance. Erreur de Chouchen. Elle a confondu Saint-Léonard, qu'elle ne connaît pas, avec la fameuse église en bois Sainte-Catherine et son clocher séparé. Lebru, le nez dans le volant, a suivi.

À Honfleur, la grande échelle des pompiers déployée porte jusqu'au sommet du clocher octogonal de l'édifice des silhouettes qui paraissent des figurines aux badauds massés en bas dans la rue. Sur le faîte du toit, on distingue une forme rosâtre immobile et toute tordue comme un ver géant qu'aurait perdu un oiseau préhistorique. Après avoir constaté le décès, les pompiers ont attendu la police et son équipe scientifique. Un adjudant-chef des pompiers guide Faidherbe au sommet.

Ils sont presque en haut de l'échelle.

Faidherbe se retourne vers le bas et crie à Chouchen :

– Ne monte pas, Chouchen, c'est inutile et pas terrible du tout !

– Pourquoi, commandant ? C'est aussi ma place ! Et quelle place ! Je vous envie d'être ainsi collé serré à ce beau pompier ! Et ne me prenez pas pour une femmelette s'il vous plaît ! lui répond sa subordonnée.

En se retournant, Faidherbe a senti l'haleine chargée d'après repas du pompier, mélange de vin bas de gamme et de gigot d'agneau farci à l'ail. Il vacille un instant avec un haut-le-cœur. Au moins le type n'a pas eu le temps d'aller jusqu'à engloutir un demi-pont-l'évêque avant le dessert. Après l'haleine fétide du pompier, d'autres relents descendent maintenant par bouffées. Ce sont les mêmes qu'à Pont-Audemer : l'odeur d'entrailles étalées et ce léger parfum de soufre. Le corps est là, nu et dans une position indécente, les fesses en l'air. Seule la tête touche le toit, le buste est retenu par une tige métallique tordue. Une forme émerge au bas du dos : le coq du toit.

Faidherbe a un léger mouvement de recul quand une main se tend vers lui. Livide mais bien vivante. Le Dr Foutel, encore lui, est monté le premier pour le constat de décès. Allongé à plat ventre entre deux œils-de-bœuf, le légiste est en appui sur une bordure de pierre qui sépare la calotte de la tour elle-même. Il est pour ainsi dire à pied d'œuvre. Il porte un harnais, et deux sangles le sécurisent. Il analyse le terrain, fait les constatations d'usage avant qu'on décroche le malheureux. Le policier s'arrête en haut de l'échelle.

– Très intéressant, mon commandant, commence le légiste, le nez chaussé de lunettes de travail immenses qui lui mangent la moitié du visage. Regardez : la victime s'est empalée sur la pointe d'acier sous laquelle tournait le coq en zinc. La violence du choc a tordu le métal.

Effectivement, le pauvre oiseau se trouve la crête en bas et le croupion vers le ciel. Comme la victime, par ailleurs coupée en deux, de l'entrejambe jusqu'à la moitié de l'abdomen.

Le morticole change de position puis reprend :

– Voyez, le haut du corps a basculé vers l'avant, entraînant un contact violent du crâne, sur la tempe droite, avec l'une de ces boules de pierre qui décorent les sommets des lucarnes. La perforation du bas-ventre a extrudé des organes digestifs de ce côté du toit où nous sommes. La calotte crânienne, elle, s'est brisée net, libérant une partie de son contenu jusqu'au sol. Vous en avez vu des traces sur les pavés de la place. La tête est tournée et vous ne voyez pas la bouche qui est grande ouverte et a dû expulser le contenu de l'estomac assez loin, de l'autre côté. La mort est consécutive à la chute d'une très grande vitesse et donc d'une bonne hauteur. Bref, ce type n'a pas glissé en faisant le clown, à poil sur ce coq d'église. L'empalement sur la tige d'acier a provoqué une hémorragie qui en soi eût été fatale.

Faidherbe lève une main pour faire taire le scientifique. Il en sait assez.

– Vous m'en direz plus après l'autopsie, docteur. Pour l'instant, laissez-moi digérer ces informations.

Il veut constater *de visu*, en silence, à son tour. Sans vêtement, l'homme est muni d'une ceinture de cuir qui s'est prise dans la flèche de fer. Elle a empêché le corps de chuter plus bas.

Au sol, Fésol est en conversation avec un commerçant de la rue, dont la boutique est restée ouverte à cause de l'événement. Lebru est à dix mètres à interroger des passants. Les deux prennent des notes sur des petits carnets. Ils reviennent vers leur supérieur, attendant son retour du clocher, au pied de l'échelle. Le pompier est encore deux crans sous Faidherbe, pour sécuriser sa descente. Le commandant saute à terre, du marchepied du camion. Il voudrait se donner une contenance alerte, mais vacille un instant, retenu par Chouchen qui les a rejoints. Des perles de sueur glissent sur ses joues.

– C'est moche là-haut ? Hein ? demande Fésol. Vous êtes un peu pâlot. C'est à cause du vertige ?

– Non, ça ira.

Le commandant s'éponge le front avec un kleenex que lui a tendu Chouchen.

– C'est la première fois que je vois deux cadavres aussi meurtris dans la même journée depuis ma réintégration. J'ai la mémoire des cadavres abîmés, mais là, ça me dépasse.

– Vous êtes bien jeune aussi pour vous occuper de ce genre d'horreurs, remarque le pompier, ignorant du passé extraordinaire du policier.

– L'horreur n'attend pas le nombre des années, réplique Faidherbe en s'éloignant.

Lebru les rejoint, tout excité :

– Il y a un bistrot sympa rue de la République, au débouché de la rue Cachin. *Le Fontenoy*, Françoise Sagan y avait ses habitudes. C'est tout indiqué pour vous remettre de vos émotions.

– Qui est Françoise ? demande Chouchen. Une de tes maîtresses alcoolisées quand tu étais jeune et beau ?

– Françoise Sagan, une écrivaine, béotienne.

– Non, Lebru, bretonne.

Fésol sent venir la querelle sous l'effet de l'énervement de tous, il embraie :

– Sur la place en bas, j'ai envoyé un gars au *Relais des cyclistes*. Ils acceptent encore de nous servir.

– Moi, je ne peux pas réfléchir le ventre creux, reprend Lebru. C'est trop dur, après tout ce qu'on a vu. Bonjour, tristesse, comme dit l'autre.

Georges Faidherbe regarde Chouchen d'un œil interrogateur. Elle hausse les épaules.

– Vite fait sur le pouce, alors. On saute l'apéro et on fait le point.

Faidherbe confie à Chouchen ses observations. Elles sont moins répugnantes que ce qu'il vient de voir mais plus énigmatiques :

– Encore un chauve. Plus exactement, un crâne rasé de près. Et c'est un homme. Mais toute trace de système pileux a été éliminée. Il est nu aussi, comme le premier.

– Est-ce qu'une chute d'une grande altitude déshabillerait les corps, comme le fait une explosion ? Et les épilerait, en plus ? Je n'ai rien lu à ce sujet.

– Hum… il n'y avait pas d'avion à l'aplomb de la ville ce matin. Et si ce type était tombé de très haut, il aurait été découpé en deux par le paratonnerre ou le coq puis écrasé sur la toiture. Or, la structure métallique a plutôt amorti la chute. Non, il n'est pas tombé de si haut.

– Alors, j'ai bien une petite idée mais…

Elle se tait. Ils franchissent le mur de badauds accourus nombreux au spectacle de la grande échelle, difficilement retenus par les gendarmes. Là-haut, la victime est recouverte d'une couverture ironiquement dite « de survie » dont le côté argenté brille au soleil. Faidherbe donne l'ordre de faire évacuer la place pour la descente et l'enlèvement du corps.

Privé d'apéro, Lebru fait la gueule et, en marchant dans la rue Notre-Dame qui descend vers le cours des Fossés, grommelle à Fésol :

– Sagan, tout de même… Ces jeunes… des incultes… ne respectent rien.

Lebru a une petite quarantaine, il ne s'est jamais laissé affecter par les affaires sordides car il fonctionne à l'économie. Sur le terrain, il fait des bêtises et ses collègues et son chef préfèrent le confiner à sa spécialité : l'information *via* un écran d'ordinateur. Ce type blinde de brutalité et de goujaterie une immense sensibilité. Or, à suivre le couple d'apparence jeune, d'une vitalité sensuelle presque palpable dans l'air, que forment Georges Faidherbe et Aelez-Bellig Chouchen, il se sent vieux, *has been* et fatigué. Pas de chance, aujourd'hui il est de permanence tout le week-end pascal. Il ne devait presque rien se passer, statistiquement. Mauvais calcul.

Il fait beau, l'air est doux. Ce dimanche d'avril donne un avant-goût d'été. Dans la rue de la République, le flux de la circulation, venant de la direction de Pont-l'Évêque et se dirigeant vers le Vieux Bassin, s'est tari à l'heure du déjeuner. On pourrait croire à la bienveillance du monde, s'il n'avait plu des cieux deux cadavres énigmatiques.

En attendant qu'on les serve, Georges Faidherbe consulte sa messagerie sur son iPhone. Sa nièce Anastasie, 18 ans, en pince pour lui depuis qu'il a pris l'aspect d'un beau jeune homme, grand et bien développé pour son âge. Elle le bombarde de messages affectueux. Le commandant les lit sous la table, ce qui agace le capitaine Fésol. D'ailleurs, Fésol soupçonne aussi son supérieur rajeuni de jouer en ligne le plus souvent possible. Insupportable. Chouchen aussi tripote son téléphone portable mais au vu de tous. Encore son amoureux de dentiste ? Ce Jason dont il faut prononcer le nom à l'américaine. La promiscuité policière développe des jalousies incongrues quand la frontière entre vie privée et professionnelle devient floue.

Le capitaine est un traditionaliste. Pour lui, on se met à table pour manger et parler ensemble. En principe, pas du boulot. Aujourd'hui, il fera une exception. Devant son assiette encore vide, il se sent un peu seul avec les images de la matinée qui lui tournent en boucle dans la tête. Pourra-t-il trouver l'appétit ? Ce serait un comble, avec la faim de loup qu'il a, de ne pouvoir rien avaler ! En arrière-plan, il anticipe les récriminations de son épouse, Rolande, quand elle saura qu'il a mangé au restaurant avec ses collègues au lieu de se contenter d'un sandwich et de rejoindre la maison au plus vite. Il ressent des aigreurs d'estomac à cette pensée. À côté de lui, Lebru a déjà dévoré la moitié des tranches de pain disposées dans la bannette et bu son demi. Il a sorti sa tablette informatique et commence à surfer. Ses moules marinières arrivent au moment même où il s'exclame :

– J'ai trouvé un cas intéressant. À Gruissan, il y a trois mois.

– C'est où, ça ?

– Un seul ou deux comme ici ?

– En pièces ou en entier ?

Chacun y va de sa question. La bière va tiédir et les moules refroidir.

CHAPITRE 6

Devant un bon ballon de blanc

Le lieutenant Lebru leur répond en parcourant la dépêche :

– Gruissan… Aude, région de Narbonne… couple de hardeurs français… en pleine action lors du tournage d'un spot pour le site Pornextreme.com. Saut en parachute… accouplement… la voile part en torche… retrouvés morts au sol tous les deux, encore enlacés.

– Tu peux préciser leur position exacte en vol ?

– Je sais pas, ils ne donnent pas l'altitude… Ah, je comprends… T'es vraiment fin, Fésol.

– On les a filmés ? demande Chouchen.

– Super, on va peut-être pouvoir les mater sur Internet ! s'exclame Fésol, en attaquant sa sole à la crème.

– Vous êtes lourds, les gars ! proteste leur collègue féminine.

– De toute façon, on n'a pas vu de parachute ici, remarque Faidherbe.

– Qu'à cela ne tienne. J'ai ça aussi : le *banzaï skydiving*, parachutisme kamikaze. Ce sport extrême japonais consiste à monter à trois mille mètres, jeter son parachute hors de l'appareil, attendre quelques secondes et le rattraper en vol. Si on le loupe…

Fésol et Lebru déraillent, imaginent les combinaisons les plus folles, mêlent parachutistes kamikazes et bonzes nudistes dans des exploits pornographiques inédits. Faidherbe fait tinter son verre.

D'accord, l'humour désamorce l'effet déprimant de l'horreur, mais on ne fait pas d'enquête dans un lieu public. Leur table est à l'écart. Tout de même, il faut rester discret. Sait-on jamais, un as de la presse parisienne est peut-être en week-end à Honfleur ou, pire, le collant Lalouette les aura suivis. Tiens, à propos, il n'est pas dans les environs, celui-là ? Sa voiture les suivait pourtant depuis Pont-Audemer. De toute façon, Faidherbe est sûr qu'avec la quantité de badauds sur place, quelques-uns auront eu la présence d'esprit de filmer le corps et que des images du cadavre dénudé circulent déjà sur YouTube ou DailyMotion. Il ne faudra pas tarder à boucler cette affaire avec une info bien apaisante, sans quoi tous les geeks de Normandie vont pointer leur œil électronique au ciel pour flasher une nouvelle chute.

Le silence s'est fait à table, seulement troublé par la succion des moules par Lebru, lequel s'interrompt quand tous les yeux se braquent vers lui :

– Je n'ai rien dit !

– Que savons-nous de sûr ? attaque Faidherbe à voix basse avant de croquer délicatement une longue frite dorée à point. À 11 h 15, reprend-il, aujourd'hui, un individu tombe du ciel, nu, et s'écrase dans une caravane arrivée le matin même en provenance de Grande-Bretagne. Nous ne connaissons pas son identité, ni son âge, ni son sexe. Motif ?

– Accident, suicide, meurtre ? suggère Chouchen. Je penche pour le suicide à cause de la nudité.

– Et un attentat ? suggère Fésol.

– Sur quelle cible ? demande Faidherbe. Les Anglais ? Absurde. Il faudrait déjà savoir viser. Bon, je veux bien qu'on creuse leur passé. Lebru s'en chargera avec l'aide de Scotland Yard. Mais je doute qu'ils soient vraiment mêlés à ça. On ne peut pas traiter cette affaire indépendamment de la seconde. Je vous rappelle qu'à part la décapitation et son écrasement, le corps se présente dans le même état : nu, rasé ou épilé.

– Et la ceinture, c'est une autre différence, ajoute Chouchen.

– Qu'est-ce qu'elle signifie ? reprend le commandant. Nous n'en savons rien non plus. Il s'est passé près de deux heures entre les deux faits. Un avion qui aurait tourné deux heures dans le ciel entre Pont-Audemer et Honfleur aurait été remarqué, au moins entendu.

– Il en a peut-être largué ailleurs, en pleine campagne et personne n'a encore rien vu. Un parachutage de nudistes, quoi !

– Je t'en prie, Louis, n'en rajoute pas, lance Chouchen à Lebru.

Nouvelles succions de moules et croquements de frites.

– Si la première victime est une femme, continue Faidherbe, alors, comme le pense Lebru, il ne serait pas impossible d'ajouter son hypothèse, aussi tordue soit-elle : nous aurions affaire à un couple qui s'adonnait à un jeu sexuel sadomaso de haute voltige et qui aurait mal tourné. C'est vrai, après tout, on voit des trucs comme ça sur Internet. On voit pire même.

– Merde, commandant, s'exclame Lebru, il va falloir vous installer le contrôle parental. Si c'est ce que vous croyez, alors c'est peut-être un accident. Une position scabreuse, et hop, dans le vide !

– C'est une piste qu'on ne peut négliger, conclut Faidherbe.

Silence. Les hommes tentent une représentation mentale de voltige sexuelle. Chouchen sourit d'un air faussement ingénu.

– Durozier s'y collera, c'est lui le spécialiste des questions scabreuses, suggère Lebru, réjoui.

Faidherbe approuve d'un hochement de tête et continue :

– Le problème, c'est aussi le transport : s'il s'agit d'un avion, il n'était pas identifié sur les circulations aériennes.

– Personne n'a rien entendu, mais il est faux de dire que personne n'a rien vu. Le commerçant qui nous a renseignés a vu quelque chose, déclare Fésol. Un truc rond dans le ciel.

– Un truc rond ? Comment ça ? demande Chouchen.

– Quand ce commerçant fait sa note, il lève les yeux au ciel pour compter, et ce matin, il a vu un truc rond passer entre deux nuages. « Avec tout ce qu'on balance dans l'espace, il a dit… alors satellites, lanternes chinoises, soucoupe volante… » Il n'avait pas l'air plus étonné que ça.

– Mais on te demande une description de l'objet, banane ! s'énerve Chouchen, pas comment il l'a vu, son truc !

Le lieutenant Lebru se vexe. Silence lourd.

– Demandez à Fésol, il a interrogé le gars, reprend Faidherbe.

– Un gros machin volant avec une nacelle accrochée en dessous. Un ballon à gaz. Comment ça s'appelle déjà ?

– Une montgolfière, ne peut s'empêcher de souffler Lebru, dont les bouderies ne sont jamais très longues.

– T'es sûr ? Moi tu sais, je suis un terrien, alors les engins volants…

– Est-ce que le commerçant a dit que *Pornextreme* était écrit sur son ballon ? demande Chouchen.

– Non, il n'a rien vu de plus qu'un disque blanc argenté.

– Ton hypothèse, Lebru, elle se dégonfle. Pchit !

L'analyse devient grotesque. Faidherbe retourne à son clavier d'une main, l'autre actionnant machinalement sa fourchette de l'assiette à la bouche. Leurs bagarres de gamins le gavent.

Fésol commande une bouteille de blanc après les bières, à ses frais, pour détendre l'atmosphère. C'est Pâques, tout de même.

– Et voilà votre muscadet, m'sieurs dame, annonce l'accorte serveuse, juchée sur ses escarpins à hauts talons compensés.

Déposant la bouteille devant Fésol, elle présente ses fesses rebondies à la face de Faidherbe. Chouchen a vu le commandant reluquer les rondeurs callipyges de la jeune femme, cela lui rappelle Lalouette tout à l'heure.

Fésol la sert la première. Elle boit son verre d'un trait, lève un index en l'air. On se tait. On attend sa parole, toujours sage comme celle d'un oracle. Elle prend une voix aiguë au ton précieux :

– « Ce matin, alors que je dispersais au-dessus de mon carré d'herbe quelques œufs en chocolat, pour moi seul, pauvre enfant solitaire, j'ai vu passer dans l'azur serein la rondeur sensuelle d'une montgolfière. »

– Qu'est-ce que tu chantes ? C'est un poème ?

– Les gars, ce sont les mots exacts que Lalouette m'a dits, tout à l'heure, à Pont-Audemer. Un ballon est passé par là et ensuite par ici. Deux largages. Hop !

– Putain ! T'as une sacrée mémoire, Aelez ! s'exclame Lebru en postillonnant son muscadet.

Elle n'a pas évoqué le « sein volant ». Pour ne pas exciter ses collègues que l'adolescence retrouvée ou le démon de midi titillent suffisamment.

Lebru siffle et reprend :

– Un ballon, des gens à poil. Ça me rappelle une histoire à énigme : on retrouve un type mort dans le désert, nu. Il tient un brin de paille dans sa main, ses vêtements sont éparpillés sur des kilomètres…

– Des vêtements…, le coupe Chouchen. On pourrait en chercher mais dans quelle direction ? Lalouette n'a vu ce ballon qu'au-dessus de Pont-Audemer, on ne sait pas d'où il venait. Au fait, où est-il passé, ce corbeau ? Je ne l'ai pas vu renifler sa charogne par ici.

– Bof, celui-là, on s'occupera de lui plus tard, répond Fésol.

Georges Faidherbe pianote frénétiquement d'un seul pouce sur le clavier de son mobile. Lebru se renfrogne, vexé qu'on ne lui réclame pas la suite de son énigme. Chouchen cligne d'un œil à l'adresse de Fésol.

– Vous tweetez pour vos *followers*, chef ?

– Chouchen, je contacte les brigades de gendarmerie des deux bords de la Seine pour qu'elles repèrent une montgolfière. Je crains que Lalouette n'ait un temps d'avance sur nous s'il lui est venu l'idée de poursuivre la montgolfière.

– Et nous, qu'est-ce qu'on fait maintenant ? demande Fésol. Tant qu'on n'a pas l'identité de nos cadavres, on ne peut pas beaucoup avancer.

– Eh bien, pour l'instant la messe est dite. Bénissons la technologie, mes frères, qui nous a permis d'agir sans bouger de cette table, répond le commandant en montrant son mobile. Je me demande comment j'ai pu ignorer tout ça pendant des années. L'âge sûrement.

Il poursuit :

– Ensuite ? On attend des réponses sur l'emplacement de la montgolfière, si elle vole encore. En attendant, on mange. Hein, Lebru ? Lebru ? Tu es encore tout pâle, toi. Tu fais la gueule ?

Le commandant prend les autres à témoin :

– Louis fait la gueule.

Puis il taquine son subordonné :

– Ne me dis pas que tu préfères courir n'importe où derrière un ballon fantôme que rester ici devant ce bon ballon de blanc ?

– Si on allait faire une balade autour du bassin, pour digérer avant de rentrer au Havre ? suggère Fésol.

Il aimerait retarder le plus possible son retour à la maison. À cette heure, une scène de ménage l'attend, rien ne presse.

Le portable de Faidherbe vibre en tournant sur lui-même comme un hélicoptère affolé. Le policier répond :

– OK, on arrive.

Puis il annonce aux autres :

– Le ballon a été localisé.

CHAPITRE 7

Derrière un beau ballon blanc

À l'entrée d'Honfleur, Hugues Lalouette a abandonné la poursuite des véhicules policiers. Il a visé un coup plus énorme, ayant surpris des bribes de la conversation entre les flics autour du premier corps à Pont-Audemer. Il prendra de l'avance sur eux car c'est le rôle de la presse, la vraie, celle qui fouine, qui fourrage et qui trifouille l'os jusqu'à la moelle : la presse d'investigation. Lalouette met un point d'honneur à en faire partie.

Le journaliste de *L'Éveil* s'est d'abord arrêté au rond-point du Poudreux. Le pied droit sur le siège conducteur de sa décapotable, avec la distinction martiale d'un général debout dans son *command car*, il s'est tenu en équilibre de sa jambe gauche amputée posée sur le T du logo dessiné au centre du volant de sa Triumph.

Il a déchaussé sa prothèse high-tech qui recèle un appareil photo longue vue. Il a dirigé l'objectif, logé dans le talon en titane de son mocassin Bruno Banani, vers la flèche de Saint-Léonard et… nom de nom ! Ce qu'il a aperçu et mitraillé frénétiquement est à proprement parler hallucinant : une tache de chair à forme humaine, toute tordue, comme en lévitation, à quelque trente centimètres au-dessus de la toiture de l'église. Sur les façades d'une rue adjacente clignotaient les gyrophares de la police et des pompiers. Des klaxons résonnaient dans les voies convergeant vers la place Saint-Léonard. Un bouchon était en train de se former. Le journaliste se dit qu'il était inutile de s'approcher davantage, un cordon de sécurité l'empêcherait d'atteindre le site et il se retrouverait comme un badaud imbécile, le cou tendu pour ne rien voir de plus.

Hugues Lalouette décide alors de prendre un temps d'avance sur la police. Il active d'un message SMS laconique son réseau d'indicateurs côtiers. L'information ne tarde pas à s'afficher sur son écran. Un jeune gandin, affalé sur un transat du Club des régates de Sainte-Adresse et occupé à photographier ses nouvelles chaussures bateau bicolores, a saisi en arrière-plan l'objet volant recherché : c'est un peu flou, mais le cliché montre quand même une montgolfière blanc crème au sortir d'un banc nuageux qui enveloppe la côte fleurie. Elle ressemble à celle que Lalouette a vue le matin, entre deux cumulus, survoler Pont-Audemer. Sur le moment, il n'y a pas trop prêté attention. Pour lui, tous ces engins volants sont plus ou moins pareils car il ne s'y intéresse guère. Or depuis les visions horribles entraperçues les heures précédentes, il se met à redouter d'en connaître les propriétaires. Il a des relations férues d'aérostation, justement de passage dans la région. Si ces gens avaient profité de leur séjour en Normandie pour une excursion dans les cieux, l'événement deviendrait insupportable, même pour un journaliste blasé comme lui. Pas moyen de les joindre sur-le-champ, ces gens exècrent les téléphones mobiles. Des snobs ultramodernes. Lalouette a assisté à un meeting une fois, mais il y avait tellement de ballons qu'il ne se souvient pas des couleurs du leur. Il lui faut absolument aller voir sur place. Sous la photo, le texte du Dionysien dit : « En approche, direction La Hève, vents de sud-sud-ouest, légère brise trois nœuds. »

Le journaliste chausse sa prothèse, s'écrase derrière son volant de cuir et d'acajou et démarre en trombe. Le bolide fait un tour complet du rond-point et file dare-dare vers le pont de Normandie.

Lalouette roule cheveux au vent sur la formidable passerelle qui enjambe le fleuve, puis sur une autre, plus courte et plus bombée pour passer le canal du Havre. Un sentiment de puissance l'enivre à franchir dans le vrombissement de sa Triumph le grand écart des terres. À gauche, il a l'impression d'offrir en grand seigneur le fleuve à l'océan. À droite, les rives sablonneuses le font s'imaginer en Saint-Exupéry des Temps modernes survolant un Sahara marécageux. Au loin, les usines aux silhouettes tranchantes et leurs fumées en forme de bannières accrochées aux cheminées prennent des allures de murailles médiévales qu'il s'apprête à assaillir. Il songe à cette atroce victime qu'il a laissée derrière lui à Honfleur et lève la tête au passage des pylônes. Celle-là ne s'est pas jetée du pont de Normandie au moins mais sait-on jamais, s'ils s'y mettaient à plusieurs ? D'une certaine manière, ça le rassurerait. En ces temps de théories cataclysmiques, on peut s'attendre à tout et les déçus de la fin du monde loupée de 2012 n'ont peut-être pas dit leur dernier mot. S'il voyait un désespéré sauter du haut d'un des trois pylônes, de plus de deux cent quatorze mètres, ce serait toujours moins pénible que ce qu'il redoute. Et quel article, il en ferait ! Déjà que sauter du tablier à près de soixante mètres de hauteur suffit pour s'éclater la tronche à la surface de la Seine, assommé définitivement par la gifle liquide. Ou alors tomber sur quoi ? À cet endroit-là, il ne voit qu'un bateau de passage, comme ce cargo qui passe sous le tablier, et c'est de l'acier, ni béton ni pierre, qui tranche le lard. Ou un banc de sable pour être enterré aussi sec, ou plutôt, tout humide. Et pourtant, ce ballon… Puis, sur le passage du second pont, court et tout bombé, qui le fait bondir au-dessus du grand canal du Havre, la ville se dessine à la pointe de l'estuaire. Il devine Sainte-Adresse derrière, où il a habité des années. Il essaie de distinguer dans cette direction une petite boule se détachant sur le ciel, le ballon qu'il poursuit. Mais il ne voit rien car une brume légère couvre l'horizon.

Le journaliste laisse Harfleur à sa droite et file vers Montivilliers pour atteindre le plateau d'Octeville. Il gagnera Sainte-Adresse par les hauteurs s'il le faut, et ira vers l'objectif qu'il devrait voir arriver vers lui si la direction de la montgolfière donnée par l'informateur des régates est juste. Et le gars ne s'est pas trompé. Après un rond-point où trônent d'immenses figurines de pêcheurs, le ballon est là, se balançant doucement au-dessus de la mer. Il descend. La Triumph avance prudemment dans les rues qui bordent le petit bourg d'Octeville, le conducteur essayant de localiser le lieu exact du « *retrouving* », comme on dit dans le jargon des aérostiers, car on doit l'attendre quelque part, cet aéronef.

Lalouette gare sa Triumph et s'avance dans un champ. Il s'accroupit derrière un massif d'ajoncs et observe l'engin en approche.

Le ballon perd de l'altitude rapidement, la nacelle se balance de droite à gauche et l'enveloppe perd de sa rondeur. Lalouette est à deux cents mètres du point d'atterrissage environ. Il n'entend pas le souffle du brûleur. La montgolfière touche terre, raclant la terre du pré sur plusieurs mètres avec l'arête de la nacelle, elle trace une entaille dans les herbes hautes. Le ou les occupants, s'il en reste, sont invisibles. Ils doivent s'être tassés au fond, bien secoués.

L'engin s'immobilise complètement, le panier s'est miraculeusement stabilisé dans le bon sens. Le brûleur ne s'est jamais rallumé : manque de carburant ?

Les mouettes au loin hurlent au-dessus de la mer, par-delà des falaises. Le journaliste attend encore quelques minutes mais rien ne bouge. Sont-ils blessés ? Journaliste mondain avant tout, Lalouette n'a jamais été confronté à pareil dilemme : que doit faire la presse dans un tel cas ? Intervenir ? Déroger à l'éthique journalistique et s'immiscer dans les événements ? Et si les victimes avaient été précipitées par des brutes ? Doit-il risquer d'être estourbi par des meurtriers lanceurs d'humains ? Des gens capables de ça ne sont pas des enfants de chœur, mais plutôt des assassins du calibre des militaires argentins, de ceux qui balançaient les opposants des soutes d'avions, du temps de la dictature des généraux. Lalouette, es-tu capable de soulever un si gros poisson, toi, modeste échotier provincial ? Eh ! Et pourquoi pas !

Il avance doucement vers la montgolfière et vient se plaquer dos à la nacelle. Il attend encore un peu, l'oreille collée à l'osier. Des rires de goélands résonnent maintenant autour de l'aérostat. Les oiseaux se sont rapprochés, mus par leur curiosité malsaine et leur instinct charognard qui les poussent à explorer toutes sortes d'épaves. La brise fait crisser l'enveloppe et trembler les filins. Ces bruits parasitent son écoute. Le reporter ne sait pas s'il y a du monde à l'intérieur. Il va falloir regarder.

La toile dégonflée de l'enveloppe est retombée mollement sur le sol. Sa surface ondule au vent comme une mer artificielle.

Lalouette se décide. Il décroche d'abord son pied mécanique, provoque une extension brutale de sa jambe naturelle comme une grenouille sous l'effet d'une stimulation électrique, s'accroche d'une main au rebord de la nacelle et de l'autre brandit sa prothèse au-dessus de la tête en guise de massue.

Il passe prudemment son buste au-dessus du panier et pousse alors un cri d'orfraie.

CHAPITRE 8

L'amateur de maté se sent tout mou

Seul le lieutenant Louis Lebru est retourné dans le bloc gris et vitré de l'hôtel de police du Havre, boulevard de Strasbourg, au retour d'Honfleur. Il a lancé une recherche sur les personnes déclarées disparues récemment, sur des indications assez vagues : un homme d'âge moyen, sportif, en relation avec l'aéronautique, naturiste. Même requête sur une femme, et une troisième recherche avec l'option couple. Le policier n'est pas optimiste : le week-end prolongé met l'activité en sommeil. Pis : si des gens ont disparu, on les croit sans doute en villégiature ailleurs ou prenant du bon temps hors de la maison, sans se douter déjà que ces personnes sont au fond d'un lac, dans un coffre de voiture ou sur un clocher, à l'état de cadavres.

C'est chiant, pense Lebru, les yeux piquants et les paupières lourdes devant l'écran. Il ne se sent pas dans son assiette. Il se cambre dans son fauteuil et se trouve tout ballonné. Les moules du déjeuner, peut-être ? Il croit se rappeler que le malaise a commencé plus tôt. Quand exactement ? Ce matin, à Pont-Audemer ? C'est vrai, il a ressenti alors une défaillance. Les cadavres en bouillie y sont peut-être pour quelque chose. Ce n'est pas dans ses habitudes d'être tourneboulé par des affaires au point de perturber sa digestion. Il devient sensible. Décidément, on ne s'habitue jamais aux horreurs et ce sera sans doute de pis en pis, en vieillissant, on ramollit. Lebru se déchausse, se cale bien au fond de son siège. Il a décidé de s'octroyer une sieste digestive pendant que l'ordinateur mouline pour lui.

Quand le lieutenant Lebru se réveille, la machine en est au même point. Nom d'un chien, panne de réseau. Et il n'a rien vu. On repart de zéro. Recherche restreinte à la Normandie. Quelques noms apparaissent. Les renseignements ne correspondant pas vraiment et surtout les dates : trop vieux tout ça, un mois, trois mois. Il s'en doutait. Des domiciles conjugaux abandonnés, en plus. Qu'est-ce qu'ils ont, les autres hommes, à vouloir se marier ? Obligés de fuir ensuite, la queue entre les jambes. Lui n'est pas si con. Il promet et la belle attend. Quand elle se lasse, elle s'en va, et il s'en trouve une autre. Pourquoi se compliquer la vie ?

Quelle barbe, comme ses collègues, il pourrait être chez lui où une nouvelle fille encore chaude l'attend avec impatience. Cette recherche est inutile, il le savait. Si quelqu'un disparaît pendant le week-end, on ne s'inquiétera que mardi, une fois la fête finie. Et mardi, qui sera de repos, en plus du lundi ?

– Bibi, se répond à haute voix Lebru en écrasant de son gros pouce le bouton du moniteur.

Allez ! Il est temps pour lui de se ressaisir avec un petit goûter à base de maté brésilien bio et de sablés de Normandie au beurre d'Isigny. Que du léger, commencer doucement. Péché de gourmandise, il va le payer cher ?

Foutaise : « C'est ce qui tue qui remet », lui a toujours dit sa grand-mère. Quelque chose le chiffonne cependant. Il prend sur lui d'appeler l'institut médico-légal. Qui sait ? Le toubib, Foutel, lui aussi, est peut-être au boulot. C'est un fanatique. Quand il ne parle pas de sa femme, de ses meubles de collection, il ne pense qu'à tirer des vers du nez des cadavres.

– Z'avez eu le temps de tripatouiller le premier macchabée, celui de Pont-Audemer, docteur ? demande Lebru en plongeant et remontant négligemment son sachet de maté dans l'eau bouillante de sa tasse.

À l'autre bout de la ligne, la réponse se fait attendre. Le policier a dérangé un légiste occupé.

– À peine. Je suis dessus et si l'on m'interrompt tout le temps, je tarderai à en tirer quelque chose de propre. C'est pourquoi ?

La voix est déformée et étouffée par un masque à peine soulevé.

– Toutes mes excuses. Le patron m'oblige à rédiger tout de suite un mémo sur l'affaire de la caravane de Pont-Audemer, ment Lebru. Ôtez-moi d'un doute, docteur Foutel, c'est un homme ou une femme ?

– Une femme d'une trentaine d'années. J'ai sous les yeux un morceau du bassin. Rond comme un ballon de foot, le petit bassin. Même pas besoin de regarder la tête pour voir ça, ni le reste, dans cette bouillie.

– Ouais, super. C'est bien ce que je pensais. Grand merci, docteur.

– Ravi de vous faire plaisir à si bon compte, répond sèchement le légiste en raccrochant.

Une femme ! La première victime est une femme ! Lebru jubile. Il le savait avant tout le monde. Il y en a qui ont du flair, lui a l'œil et de la judiciaire, indispensables chez un bon flic. Ce n'est pas sans raison qu'il brille à son club d'échecs du Volcan, le lieutenant de police Louis Lebru ! Sifflotant *Femmes, je vous aime* de Julien

Clerc, il trempe brièvement un sablé dans la boisson chaude puis le happe vivement avec satisfaction.

Le biscuit n'a pas la saveur habituelle. On pourrait même dire qu'il ne passe pas. Le policier est contrarié dans sa dégustation. D'où vient son souci ? Est-ce parce que, sur sa liste, ne figure aucune femme disparue de cet âge ? Pas de couple non plus. Que diable allaient-ils faire dans une montgolfière, ces deux tourtereaux ? A-t-on idée de s'envoyer en l'air comme ça ? C'est un coup à se casser la gueule. Et ils ont gâché son dimanche pascal. C'est ça. Lebru ne trouve de goût à rien parce que deux inconnus se sont introduits dans la tranquillité de sa permanence et ont bousillé une journée qu'il prévoyait pénarde. Il n'aurait jamais pensé qu'une telle contrariété aurait des effets sur son palais et son estomac. Il a besoin de congés, c'est sûr.

Avec sa nouvelle coquine, il prendra son pied au lit, et avec une protection en latex. Ainsi, pas de risques inconsidérés. Louis Lebru a les pieds sur terre, lui, qu'on se le dise. Pourtant, il ne se sent pas si chaud lapin que ça en ce moment. Il a l'impression qu'il se décompose. Où est passée sa forme ?

CHAPITRE 9

Mauvais cap

La montgolfière a atterri à Octeville. Du véhicule qui les y mène, Faidherbe a pris soin de dépêcher sur place, par un texto, les membres d'un club aéronautique proche, Les Ballons de la Côte d'Albâtre. Il pense que des spécialistes du milieu faciliteront l'enquête. Il espère surtout une identification de l'engin volant.

– Quelle tête ça peut avoir, un aérostier, Georges ? demande Chouchen avec une grimace.

Elle est légèrement soûle. Comme lui.

– Eh bien, la soixantaine, le bedon qui sort d'un blouson d'aviateur au cuir usé, chèche blanc noué autour du cou, moustache hongroise et casquette de base-ball décorée d'un écusson américain.

– Pas mal… Tu devrais tourner des films…

Elle enchaîne en interprétant le bonhomme, manipule des soupapes imaginaires, mime l'aérostier en détresse. Faidherbe s'écroule de rire sur la banquette. Devant, au volant de la Mégane, l'agent Schlumpf soupire.

Là-bas, dans un instant, à Octeville-sur-Mer, les deux officiers de police rigoleront moins : le grand vizir les attend. Nizar Khencheli, commissaire divisionnaire, a remplacé Faidherbe à la tête de la brigade criminelle du Havre depuis que ce dernier est tombé malade, il y a quatre ans. Maintenant que Faidherbe a réintégré la brigade, rajeuni, avec son expérience de flic partiellement oubliée, Khencheli lui sert de tuteur, le temps qu'il soit autonome pour voler seul de ses propres ailes.

Lebru, lui, par un mélange de racisme viscéral et de refus d'autorité, ne souffre pas ce chef austère. C'est pourquoi il a préféré rentrer au poste pour prendre de l'avance sur son rapport. De toute façon, le quadragénaire est d'humeur bougonne et le repas n'a même pas semblé lui faire plaisir. Quelle étrange situation, pense Faidherbe, ce type à l'état civil moins ancien que le sien a la tête près du bonnet quand lui-même rit d'un rien avec sa jeune collègue. Voilà pourtant une balade dominicale plutôt agréable après les horreurs de la fin de matinée. Et en bonne compagnie : Chouchen est une fille sympa, drôle. La collègue idéale pour décompresser après les chocs du service et avant que la psychose des chutes humaines ne gagne l'opinion et rende l'enquête plus compliquée. Une parenthèse enchantée, en quelque sorte.

La Mégane des policiers roule sur les traces de la Triumph du journaliste. Personne ne les a relevées, ces traces, sur une terre sèche et sablonneuse. Ni policiers ni gendarmes n'ont songé à examiner cet endroit. Une négligence comme il en arrive dans toute enquête. De celles qui provoquent parfois des erreurs judiciaires énormes. Il y en aura d'autres peut-être.

Chouchen et Faidherbe sortent, ivres de jeunesse et de muscadet. Ils reprennent vite contenance : la voiture du chef est garée devant la leur. Ils se dirigent vers une longue forme blanche allongée comme une baleine échouée sur une grève, à plus de quatre-vingts mètres au-dessus du niveau de la mer.

Un vent léger fait frissonner la surface supérieure de la toile presque complètement dégonflée. La bête, allongée au milieu des herbes hautes, bouge encore. Au bout de la masse blanchâtre, trois individus sont penchés sur le panier, deux ont les mains derrière le dos comme si on les avait menottés. L'un des trois est reconnaissable, c'est le commissaire Nizar Khencheli, petit homme au complet gris, le corps fluet et sec. Il a dû intimer aux deux autres de ne toucher à rien. Ils ont obéi sans broncher. Ces deux-là sont les aérostiers locaux des Ballons de la Côte d'Albâtre.

C'est un couple de jeunes à l'allure de surfeurs comme ceux qu'on aperçoit régulièrement sur la plage de Sainte-Adresse. Lui a les cheveux longs en mèches dispersées tout autour du visage, d'un blond délavé. Elle les porte au naturel, mais très courts. Il est athlétique, elle a le corps parfaitement dessiné pour être moulé vite fait dans une combinaison de glisse.

Nizar Khencheli montre de l'index un chemin balisé par une rubalise, que les deux policiers doivent suivre en longeant la toile jusqu'à la nacelle. Ici au moins on s'est inquiété des indices laissés sur le sol. Chouchen et Faidherbe saluent leur chef. Il ne répond pas, mais le mouvement caractéristique d'un muscle entre la mâchoire supérieure et l'oreille montre qu'il serre les dents de colère ou d'agacement. Faidherbe aurait dû l'appeler et lui expliquer les événements des chutes humaines de vive voix, plutôt que d'expédier des SMS parasités d'émoticônes puériles. Devant ce couple invité pour les constatations, Khencheli ne pourra demander aucune précision. D'ailleurs il ne dit rien. Un regard en coin fusille ses subordonnés. Foin de politesse superflue.

Heureusement, le garçon aux cheveux jaunes interpelle amicalement Faidherbe avec un fort accent havrais :

– Dè ! Té, tu me rappelles quelqu'un. Ton père ! Y f'sait du kite, pas ?

Faidherbe hésite un instant et se reconnaît vaguement. Oui, il doit s'agir de lui dans une autre vie[1].

– Peut-être bien. Commandant Faidherbe, enchanté.

Il serre la main des deux jeunes. Le garçon continue sur sa lancée, lui donne un coup de poing dans l'épaule.

– Faidherbe ! C'est ça ! Ton père, un as pour un vioque. Disparu en mer pourtant. Dè ! À cause de ton pater et de sa mouette géante, j'ai essayé le kite. Son accident aurait dû me servir de leçon. Mais à 16 ans, on réfléchit pas, on fonce. Et pis un jour de force 7, je me suis mangé un immeuble sur le boul'vard maritime... Les deux jambes pétées. Finie, la glisse... Ça m'a quand même donné envie de voler encore plus haut. Dingue, non ? À condition d'être pépère, m'a dit le médecin. Alors on a fondé un club de ballons...

– Tu l'emmerdes, Pierre. Arrête de raconter ta vie, le coupe la fille.

– C'est cher comme activité, je suppose, intervient Faidherbe. Eh bien... dis-moi, un ballon comme celui-là, ça va chercher dans les combien ?

1. Cf. *Un havre de paix éternelle*, Corlet, 2010.

– À l'état neuf : 20 000 euros.

– Ah quand même !… Et cet engin-là, tu l'as déjà vu ?

Khencheli dégage d'un revers de main le garçon.

– J'ai déjà demandé tout ça à ce jeune homme, Faidherbe. Vous voulez tout en SMS ?

Le jeune homme ignore la remarque, ravi d'instruire presque une connaissance :

– Mon pote, ce ballon, je le connais pas, il n'est pas à nous. Mieux, il ne vient pas de chez nous : l'immatriculation est italienne. Tu vois le I devant les numéros ? Ça veut dire Italie.

– L'Italie ? C'est un peu loin pour venir voler au-dessus de la Normandie.

– Pas vraiment. Des gens qui ont du pognon trimballent leur ballon en camion dans toute l'Europe. Bibiche et moi, on part à Bristol en août prochain, à la Balloon Fiesta. Tu veux en être ?

Faidherbe ne répond pas à l'invitation. Il ne veut pas s'imaginer en suspension dans un panier d'osier après ce qu'il a vu ce matin.

– Ton avis sur l'appareil ?

Le garçon passe la parole d'un signe de tête à son amie. C'est elle, la spécialiste technique.

– Pas mal, répond la fille, la nacelle est plutôt ancienne, un peu usée mais propre, un bon assemblage avec plancher en contre-plaqué d'origine scandinave. Le brûleur est récent, un Powerplus signé Paolo Bonnano, fabrication italienne. Le top du top pour planer sans bruit. L'enveloppe est en nylon revêtu de polyuréthane en bon état. Ce ballon a déjà volé plusieurs fois et on en a pris soin. Ce serait une occase sympa pour nous. À moins que vous nous le donniez, le club vous rachète le tout pour 5 000 euros. Tope là.

Khencheli répond :

– C'est une pièce à conviction, mademoiselle. Propriété de la justice jusqu'au classement de l'affaire. Il faudra donc attendre la levée des scellés. Quand vous pourrez l'acheter, il ne vaudra donc plus rien.

La fille est penchée au-dessus de la nacelle.

– Combien de personnes peuvent tenir là-dedans ? lui demande Faidherbe.

– Quatre à tout casser. Ce modèle porte une charge de cinq cents kilos. Plus un peu de matos pour la route et un bon pique-nique.

Elle examine les parois internes ainsi que le plancher.

– Vous avez vu ? C'est bizarre ces espèces de crachats un peu partout. Un brûleur de cette qualité ne fuit pas. Et quand bien même il goutterait, le propane ne resterait pas à l'état liquide. Il y en a sur toutes les parois et on ne sent pas le méthanéthiol, cet additif qui donne une odeur d'œuf pourri au gaz.

Faidherbe se penche à son tour.

– C'est juste. L'odeur est un peu âcre, l'apparence un peu opaque, on dirait du lait caillé. Ça pourrait être du vomi.

– Ça ne m'étonne pas qu'on vomisse dans un truc pareil, balancé par le vent, commente Chouchen.

– On a de quoi faire un prélèvement ?

– Déjà fait, mais c'est bien d'y avoir pensé, répond ironiquement Khencheli.

– Ouah ! s'exclame le surfeur. Pour moi, les mecs, y a du trafic là-dessous. De la contrebande de je sais pas quoi, genre de la blanche. P't-être un truc pas net avec le port.

Avec son accent, il a dit le « peurt ».

Khencheli coupe court à ses élucubrations.

– Vous, on ne vous demande pas votre avis sur l'enquête.

Le commissaire divisionnaire s'adresse ensuite à Faidherbe :

– Il commence à me courir sur le haricot, votre Brice de Nice havrais. C'est vous qui l'avez fait venir, n'est-ce pas ? La prochaine fois, j'aimerais qu'on me demande mon avis, Faidherbe.

– Et les conditions d'atterrissage ? relance Faidherbe à l'adresse du blondinet, sans tenir compte de la remarque de son supérieur.

– Un atterrissage vite fait sans casse, par chance, grâce à des vents favorables qui ont ralenti l'approche. Pas tranquillou quand même ! Ce type a volé son brevet. Le brûleur était éteint mais pas fermé.

– Et alors ?

Le jeune aérostier cogne de son poing un des deux réservoirs cylindriques, qui résonne sourdement.

– Réservoir plein.

– Ce qui signifie ?

– Que ces gens ont eu besoin d'atterrir en catastrophe mais pas faute de carburant. Atterrissage à froid, descente rapide. Du bol que le ballon ait touché la terre ferme dans le bon sens, ou qu'il ne soit pas allé se foutre à la flotte. La météo du jour indiquait plutôt des vents de terre en plus. Z'avez vu la direction du tracé ? La falaise. Peut-être bien qu'il n'y avait personne dans l'engin.

– Mais on a des traces au sol à côté de la nacelle, n'est-ce pas ? demande Faidherbe à son chef.

Celui-ci fait la moue :

– Quelques chardons écrasés et des traces de pas.

Khencheli désigne différents emplacements du pré. Il poursuit :

– Ces traces partent en direction de la route. Mais ensuite tout est trop sec jusqu'aux abords du talus. On devine quand même deux voies différentes et quasi parallèles qui partent du lieu d'atterrissage.

– Deux individus seraient partis du ballon... Le sol est sec, mais l'herbe bien écrasée devant cette partie du panier.

– Rien de très évident. Avant que vous n'arriviez, j'ai relevé quelques empreintes d'une chaussure droite, assez nettes. Il faudra prendre un relevé de la pointure et essayer de connaître le modèle, on ne sait jamais. Après l'atterrissage, les suspects auront filé vers la route et on les aura récupérés là-bas.

– Suspects ? Pourquoi suspects ? demande Chouchen étourdiment.

L'effet du muscadet est plus long à se dissiper chez elle.

– Réfléchissez, lieutenant, si des individus ont quitté la nacelle…

Le regard noir et le petit muscle dansant sur la joue accompagnent les paroles de Khencheli.

– … en abandonnant un appareil de 20 000 euros après que deux corps ont chuté de ladite nacelle, cela voudrait dire : *primo*, qu'on les a sans doute aidés à basculer dans le vide ; *secundo*, qu'il ne s'agirait pas d'un accident, pas d'un suicide non plus, mais d'un double homicide. Personnellement, je n'y crois pas. Ce champ a pu être foulé par le cultivateur qui l'aura traversé, voilà tout. Si vous voulez perdre du temps à vous en assurer, libre à vous, mais il y a aussi à faire en ville, ne l'oubliez pas.

Pendant qu'il fait la leçon à Chouchen, Faidherbe fait des gestes comiques et des grimaces dans son dos pour faire rire la jeune femme, soudain déprimée de se sentir idiote. Elle arrive à articuler :

– Il faudrait demander dans le voisinage quelles voitures sont passées dans le secteur. Et interroger le propriétaire du champ.

– Un *retrouving* clandestin ! s'exclame l'aérostier amateur.

Khencheli s'énerve et, pour ne pas frapper le bavard imbécile, retourne sa colère contre sa subordonnée.

– Eh bien, débarrassez-moi de votre présence inutile et commencez tout de suite, Chouchen.

Les bras étendus, le commissaire pivote sur lui-même pour montrer autour de lui l'immensité du pré et la vacuité de l'espace, aussi vide d'habitants que l'esprit de la jeune femme l'est d'idées pertinentes. Sur ce mouvement aérien, il les plante tous là et regagne sa voiture.

CHAPITRE 10

Rebondissement dans l'affaire des chutes

Lundi de Pâques est passé avec son cortège de faits-divers : voitures brûlées, cambriolages, accidents automobiles, bagarres de fins de repas bien arrosés. Pour la plupart, ils ne concernaient pas la brigade criminelle, à l'exception d'une double tentative d'homicide avortée : dans la matinée, sous l'emprise de l'alcool, un homme a tenté de défenestrer sa femme dans une tour de Caucriauville. Il s'était mis dans la tête de lui faire essayer un parachute de son invention. L'épouse a résisté de tous ses cent trente kilos. Elle n'est finalement pas passée par la fenêtre.

Le lieutenant Durozier était de permanence. Dans l'après-midi, il a entendu les premiers propos confus de l'homme, placé d'abord en salle de dégrisement puis en garde à vue, et les silences de la femme.

Antonin Rabot n'en démord pas :

– Est pou' le feu, j'vous dis. Un exercice d'évacuation, quoi ! J'y veux pas de mal à mon 'tit pouchin. Au contraire, sauter par la fenêt'e est p'us rapide que prend'e l'ascenceu', surtout du douzième, vu son poids et sa sclérose en plâtre, à Vanessa. Est pas un papillon, mon pouchin !

De son côté, la femme Rabot est restée murée dans le silence. Le policier n'a tiré d'elle qu'un « Carogne ! » dont il a voulu bien croire qu'il ne s'adressait pas à lui.

Le matin même, Durozier avait trouvé sur son bureau le rapport de son collègue Lebru, concernant les affaires de Pont-Audemer et d'Honfleur, dans son lit de miettes de sablés normands. La multiplication des affaires aériennes l'avait laissé songeur toute la soirée. *Tout peut arriver,* a-t-il l'habitude de penser.

Chouchen penche maintenant pour des suicides. Son enquête de voisinage sur un éventuel véhicule de récupération n'a rien donné : et pour cause, les voisins habitent loin. Ils n'ont rien pu voir, pas même le ballon dans le ciel. Pour la piste des pas dans le champ, le propriétaire du terrain ne s'en est pas étonné. Il s'est plaint du passage incessant des randonneurs sur ses terres et des jeunes encapuchonnés, qu'il soupçonne de cacher des plants de cannabis dans les cultures. Une chose chiffonne pourtant la policière : une empreinte relevée appartiendrait à un mocassin. Ni les jeunes ni les randonneurs ne chaussent de mocassins.

Avec cette histoire de Caucriauville, Durozier, de son côté, explore mentalement l'hypothèse de crimes conjugaux. Bénédict Durozier est un quadragénaire blondinet, réservé, à la peau toute rose. Ce policier excelle dans les enquêtes de voisinage et la pêche aux renseignements. Il passe le moins de temps possible au bureau et le plus possible sur le terrain. Sa parole est rare mais d'une finesse piquante. Par dérision mêlée de jalousie, Lebru surnomme son collègue « Porc-épine de rose », quoiqu'il ne soit pas gras. Son apparence modeste et ordinaire inspire confiance à tout le monde, et ce rosissement de peau permanent le rend sympathique comme un paysan normand affable et timide. Il suscite ainsi les confidences des plus taciturnes. Et pourtant, à cet homme à l'allure la plus banale qui passe dans la vie comme la silhouette de Gilbert Garcin dans ses photos, il peut arriver des choses extraordinaires. On se demande même s'il ne les attire pas.

À 20 heures, un appel de Pont-Audemer le surprend alors qu'il enfile son pardessus pour quitter le bureau. Aussitôt, sa décision est prise :

– J'arrive.

On vient de signaler une disparition d'adulte : une femme dans la trentaine. Enfin.

CHAPITRE 11

Anna, la sœur Anna, n'a rien vu venir

Des gendarmes ont aiguillé le lieutenant inspecteur Durozier dans une ruelle perpendiculaire à la rue de la République. Une série de maisons à colombages occupe la partie droite. À gauche, on accède à une ancienne maison bourgeoise transformée en bibliothèque municipale et musée. Le policier marche avec précaution sur le pavage de silex humide et glissant jusqu'à la dernière porte. Il est tard. Il fait frais. Au-delà court l'eau d'un bras de rivière ou d'un canal comme il y en avait tant jadis à Pont-Audemer avant que les édiles du temps passé n'en fassent couvrir plusieurs. Cette caractéristique lui a valu le surnom, un peu pompeux et exagéré, de Venise normande. La ruelle est de fait une impasse. L'inspecteur frissonne. Par leur orientation, les maisons ne reçoivent le soleil qu'à midi, et encore, l'été seulement.

Une jeune femme entre 25 et 30 ans lui ouvre. Deux grands yeux rougis et effrayés éclairent un visage rond au teint mat presque olivâtre. Les cheveux bruns sont coupés court, les traits agréables. Pas de maquillage. Des boules de piercings aux sourcils apportent une touche de fantaisie douloureuse à voir. Sur un corps petit et menu, un pull moulant souligne les courbes d'une poitrine généreuse. Comme frappé par la foudre, Bénédict Durozier recule. Jusqu'à ce jour, sa vie sentimentale est restée un mystère pour ses collègues et ses proches, et surtout pour lui-même. Il se reprend avant de bredouiller, en pleine confusion :

– Flore Marie ?

Première bévue.

– Anna. Flore, c'est ma sœur, celle qui a disparu. C'est vous que la gendarmerie envoie ?

– Lieutenant Durozier, police du Havre.

Le policier a eu la présence d'esprit d'omettre criminelle. Il se tait, comme épuisé par cette délicatesse, l'air hagard. Il semble avoir oublié pourquoi il est sur ce palier.

– Vous n'entrez pas ? demande la jeune femme, un peu inquiète et intriguée de son immobilité.

– Si fait.

Une pièce peinte en blanc au plafond bas soutenu par de longues poutres accueille un canapé. Sur la gauche, du côté de la rivière, on a aménagé un coin cuisine avec une chaudière à gaz, blanche aussi, accrochée en hauteur. Le manteau d'une ancienne cheminée barre le mur en face de l'entrée sur presque deux mètres, à l'intérieur une armoire basse sert de trône à une télé. Le XXIe siècle est à l'étroit dans une architecture du XVIIe. À droite, des étagères reçoivent un assortiment de valises de toutes tailles et couleurs. Au fond, à gauche, on devine, dans l'ombre, les premières volées d'un escalier qui dessert l'étage. Il flotte dans l'air une odeur de tabac.

La jeune femme va s'asseoir sur le canapé et allume nerveusement une cigarette.

Elle tend une feuille de papier où Durozier lit : « J'ai fait une bêtise. »

– C'est tout ce que j'ai trouvé, ajoute Anna Marie. Nous avions rendez-vous, comme tous les mois, pour dîner ensemble. C'était mon tour de venir, je travaille et j'habite à Bernay, explique en parlant de plus en plus vite la jeune femme.

Elle n'a pas pensé à l'inviter à s'asseoir. Durozier la fixe étrangement et lui donne l'impression de lire sur ses lèvres.

– Ils prennent des sourds dans la police ? demande-t-elle ingénument.

– Je ne sais pas. Pourquoi me demandez-vous cela ? s'enquiert le lieutenant par gentillesse, quelque peu déconcerté.

Son visage est cramoisi. Elle répond par un sourire désolé. Il en vient à l'enquête :

– Quand avez-vous vu votre sœur pour la dernière fois ?

– Le mois dernier à Bernay. Vous savez, elle était toujours en déplacement avec son métier. Comme je l'ai dit aux gendarmes, elle est représentante en chaussures.

La jeune femme fait un geste pour montrer les valises empilées. Elles contiennent les collections de la saison.

– Flore était tout le temps sur les routes. Et de plus en plus.

Elle soupire profondément. Le sourcil interrogateur de Durozier suit les seins en mouvement de la jeune femme. S'en est-elle aperçue ? Elle marque un temps d'arrêt, avant de poursuivre avec un certain agacement dans le ton :

– Ben oui, les magasins de chaussures indépendants ferment les uns après les autres au profit des supermarchés. Les autres commerciaux partent à la retraite, alors Flore s'est retrouvée avec un territoire de plus en plus vaste à couvrir. Remarquez, elle aime ça, courir par monts et par vaux. Toujours dans le mouvement, ma grande sœur, ajoute-t-elle, en écrasant sa cigarette dans le cendrier. Week-ends éclairs et vacances à l'étranger. Je m'amuse à l'appeler « la Grande Bougeotte » pour la taquiner. Je ne me serais pas inquiétée sans ce mot.

– Elle a pris sa voiture ?

– Je ne l'ai pas vue dans la rue.

– Elle a pu la garer ailleurs. Moi-même, je n'ai pas trouvé de place à côté.

– C'est vrai. Je me suis affolée, j'ai oublié de vérifier sur le parking.

Elle bondit du canapé et, sans prévenir, sort en courant. La porte reste ouverte derrière elle. Le policier hésite à laisser la maison sans surveillance, puis se lance à son tour.

Il rattrape sa silhouette sur la place du Général-de-Gaulle. Il repère vite la seule forme en mouvement dans l'alignement de pare-brise et de carrosseries que les réverbères font luire. Anna Marie s'est arrêtée au bout du parc de stationnement, l'air égaré. Les grandes vitres éclairées de l'*Éclat*, le théâtre de Pont-Audemer, font un cadre de lumière autour d'elle. Une affiche annonce *D'Artagnan, hors-la-loi.*

Anna Marie réprime un sanglot quand il s'approche.

– Je ne sais pas. Je ne la retrouve pas. Toutes ces voitures se ressemblent.

À la voir si désemparée, le lieutenant se sent envahi par un irrépressible besoin de rassurer et de protéger la jeune femme. La prenant par l'épaule, il la ramène doucement vers la maison de sa sœur.

– Elle a seulement pris des vacances à l'insu de tous, tente de la rassurer Durozier sans conviction.

– Jamais sans me prévenir. Nous sommes très proches depuis le décès des parents. J'avais alors 12 ans.

– Elle n'avait donc aucun secret pour vous.

Il n'échappe pas au policier, quoique sous le charme, qu'Anna Marie a marqué une très fugitive hésitation, un frisson que sa main a perçu.

– Non. Quoique…

– Quoique quoi ? reprend le policier, très inspiré.

– J'ai procuration sur son compte et ses codes, comme elle sur les miens. J'ai vérifié les mouvements, pas de retraits, mais ces derniers jours, elle a reçu un virement de 50 000 euros.

– Une belle somme !

– Comme vous dites, je n'en vois pas la raison. Elle n'avait rien à vendre et si elle avait gagné au Loto, je l'aurai su.

– La provenance ?

– Un compte aux îles Caïmans ! Je n'y comprends rien.

Quand ils sont rentrés, il demande une photo. La jeune femme ouvre l'armoire, en tire un album qu'elle ouvre devant lui. Les deux jeunes femmes en bikini posent sur une plage, sans doute, tout sourires, en se tenant par la taille. Flore est plus grande que sa sœur, son visage plus long, ovale. Ses cheveux châtains flottent librement sur ses épaules. Elle est assez charpentée, musclée, presque masculine. Le policier approche la photo pour distinguer des détails, tatouages, cicatrices, taches de naissance. Il lui demande si sa sœur a un signe particulier, quelque chose de physiquement reconnaissable. Il ne précise pas que c'est peut-être pour une identification *post mortem*, sur un corps brûlé, noyé ou en décomposition dans un sous-bois.

– Une tache de naissance sur le sein gauche, répond-elle, en forme de M épais ou de main cornue si vous voulez. Vous savez, comme le signe de la scoumoune avec les deux doigts pointés vers le sol. Jusqu'alors, ça ne lui avait pas porté malheur.

– Ses yeux ?

– Marron.

– Je peux garder la photo ?

– Pas celle-là. Prenez-en une autre.

Elle lui donne une photo habillée de Flore assise à la terrasse d'un café. On dirait qu'elle a été prise à Honfleur.

Anna confirme, elle a pris le cliché. On voit bien le visage de sa sœur sur celle-là, et très bien ses yeux marron.

– Il me faudrait la liste de ses amis et connaissances, les commerces qu'elle démarchait, ses numéros de téléphone, fixe et portable, tout, quoi. Ça nous ferait gagner du temps. Le numéro d'immatriculation de sa voiture, je m'en charge. Un ordinateur ?

– Je trouve ça bizarre, il a disparu aussi. Alors, vous me prenez au sérieux.

– Moi ? Mais oui, se défend-il.

Il ne ment pas. Tombé amoureux, il se sent prêt à tout pour atténuer son angoisse. Elle le fixe d'un regard perçant.

– Les gendarmes m'ont dit qu'il n'y avait pas suffisamment d'éléments. Il paraît qu'on ne recherche pas les adultes qui disparaissent. Pour la plupart, c'est de leur plein gré.

– Exact, et plutôt rassurant, non ?

– Non, réplique-t-elle froidement avec un regard noir.

Elle est prête à éclater de colère. Durozier est consterné de l'avoir fâchée.

– Vous lisez les journaux ?

La jeune femme paraît déconcertée.

– Lesquels ? Non. Pourquoi ?

– Et la télé ?

– Seulement les films, et encore, des comédies. Les actualités me dépriment.

– Moi aussi.

Elle sourit. Ce type la drague bêtement. Il est marrant sans le vouloir. Elle se sent flattée quand même, en dépit des circonstances. C'est la première chose drôle qui lui passe par la tête depuis qu'elle est entrée chez sa sœur.

Elle a ouvert avec sa propre clef parce que Flore ne répondait pas ni à la sonnette, ni aux appels téléphoniques, elle a plongé ensuite dans cet univers effrayant. À se demander si elle ne devient pas folle. Mais non, il y a un gars là qui la regarde avec désir et en plus, il est prêt à l'aider. Un policier. Elle a l'impression de mettre le nez hors du cauchemar.

Durozier ne lui dit pas qu'un corps de femme en pièces occupe la table du légiste au Havre et que ce corps pourrait être celui de sa sœur.

– Les voisins ?

– Je n'ai rien appris d'eux. Celle d'à côté, Mme Heurtain, est une vieille dame qui perd complètement la boule. Juste après, un jeune couple avec enfant vient de s'installer. Ils ne connaissent même pas Flore de vue. Les petites villes font comme les grandes maintenant, les voisins s'ignorent et ne prennent même plus la peine de s'espionner…

Ce n'est pas encourageant. Le policier se promet d'interroger quand même le voisinage un autre jour. Ils font un tour à l'étage : autrefois pièce unique, elle a été divisée en deux chambres et un cabinet de toilette. Le lieutenant Bénédict Durozier se sent toujours gêné de fureter dans l'intimité d'autrui, plus gêné encore quand il s'agit d'une femme et, pis, d'une victime. En descendant, il glisse avec le talon sur une marche de bois et manque de tomber. Il a de nouveau posé la main sur l'épaule de la jeune femme pour reprendre son équilibre. Elle s'est arrêtée de descendre pour le soutenir. Dans l'escalier étroit, il a fini tout contre elle. Il perçoit dans son odeur une nuance poivrée qui le met en feu. Elle se dégage naturellement.

– J'aurais dû vous le dire, ces marches usées sont traîtresses quand on n'a pas l'habitude.

Il se prépare à sortir, griffonnant un numéro de téléphone et une adresse électronique.

– Je compte sur vous pour les renseignements demandés. S'il vous revient un détail singulier, même s'il vous paraît tout à fait anodin ou absurde, n'hésitez surtout pas.

Il tend la main. Elle a détourné la tête, puis a lentement plongé sa main dans la poche de son jeans, comme à regret. Elle sort un objet en laine.

– J'ai trouvé ça, là-haut. Je ne comprends pas, murmure-t-elle.

C'est une chaussette minuscule, réalisée au crochet, comme celles qu'on met au pied des nouveau-nés. Durozier, qui ne s'y connaît guère en bébé, se dit que cette vieille fille moderne pouvait y glisser son portable. La chaussette pour portable est à la mode. Cependant, celle-ci semble particulièrement petite.

– Vous avez retrouvé son téléphone ?

– Non, comme l'ordinateur, il a disparu. J'ai appelé à son numéro évidemment. Il n'a pas sonné ici, j'ai eu la messagerie.

Bénédict Durozier prend la chaussette et la met dans sa poche, se disant qu'il faudrait pister le signal GPS du portable.

– Vous permettez ?

Anna Marie hoche la tête puis lui ouvre la porte en silence. Il se tourne une dernière fois pour lui faire un geste gentil et rassurant de la main, assorti d'un sourire forcé.

Il est parti, elle monte dans la salle de bains et vomit. Quand elle s'est nettoyée, elle regarde son visage défait. Qu'est-ce qu'il peut bien lui trouver ? C'est Flore, la jolie fille. Flore que, depuis l'enfance, elle admire et à qui elle aurait tant voulu ressembler. Elle se remet à pleurer.

Dès que Durozier a tourné dans la rue de la République, en direction de l'église et de la place du Pot-d'Étain où il a garé son véhicule, il appelle Foutel.

– La tête, docteur, elle a des yeux de quelle couleur ?

– Verts. Mais quand est-ce qu'on me foutra la paix, Bon Dieu ? tonne le médecin légiste. Tu parles d'un week-end pascal !

Le policier tourne la clef de la 308 en sifflotant. Il pourra rendre le sourire à la jolie Anna. Au moins, Flore ne s'est pas écrabouillée sur une caravane anglaise.

CHAPITRE 12

Lalouette a aussi la plume aiguisée

Sept heures. Comme à son habitude, le commissaire divisionnaire Nizar Khencheli est le premier à son bureau. Dans le silence et la solitude de ces débuts de matinée, il peut s'informer et réfléchir froidement.

Il humecte son index avant de feuilleter fébrilement l'édition du matin du *Havrais-Pressé*. Sa salive a le goût amer de l'inquiétude et de la colère. Les événements de Pont-Audemer et d'Honfleur font la une du journal que le planton est allé chercher aux aurores, tout chaud sorti des rotatives. Un film amateur de l'empalé d'Honfleur circule aussi sur le Net, flou et bougé, mais dérangeant quand même.

S'il n'y avait que ça. Un bandeau annonce à l'intérieur du journal des révélations exclusives. Ça y est : la presse s'est bel et bien réveillée. Est-il possible qu'un de ses subordonnés soit à l'origine des fuites ?

Fait insolite, Lebru pointe sa tête avant tous les autres. Son supérieur lui fourre le journal sous les yeux.

– « De notre correspondant à Pont-Audemer... »

– L'enfoiré de Lalouette ! s'exclame Lebru.

Il ne peut s'empêcher de lire à haute voix et de commenter la prose précieuse du journaliste. Khencheli s'est éloigné de quelques pas sans un mot pour lui tourner le dos. Il feint de regarder le paysage derrière la fenêtre. Une parole malheureuse et il exploserait. Il ne dira rien jusqu'à la dernière ligne de l'article, mais son muscle maxillaire s'excite méchamment.

– « Pendant que la police piétine et garde un mutisme qui la fait soupçonner d'ignorance, sinon d'incapacité, des sources dignes de foi nous apprennent que ces événements tragiques trouvent un écho à l'étranger. »

– Ah bon ? Où ça ? s'interroge Lebru.

Khencheli fait un moulinet du doigt pour qu'il poursuive.

– « En Italie, à Venise. Elles font là-bas l'ouverture du journal télévisé et la une des principaux quotidiens. Mieux, nos confrères italiens ont déjà identifié les victimes, qui seraient originaires d'Italie. *Quid* chez nous ? Rien encore du côté des autorités policières. Rappelons les faits qui se sont produits dans notre Venise normande. Dimanche de Pâques, les promeneurs qui longeaient la Risle ont eu la surprise horrifiante de voir choir, d'une montgolfière immatriculée en Italie, et s'écraser dans une caravane anglaise garée là par le plus malheureux des hasards, le corps nu d'une femme. »

– Comment il a fait, ce plumitif de mes deux, pour être au courant de l'immatriculation italienne ?

– « Fidèles à leur mode d'information, les journaux locaux ont même publié des clichés confidentiels qui prouvent le fait et montrent bien l'horreur du spectacle. L'aéronef est bien connu, il a participé l'an dernier encore à la montgolfiade du Festival des mascarets de Pont-Audemer. Coup de théâtre, les propriétaires en sont une grande famille vénitienne très fameuse : le marquis et la marquise Toromonta Di Ferie, partis récemment en villégiature pour une destination inconnue et qui n'ont plus donné signe de vie. Les propos des domestiques angoissés sont passés en boucle sur les chaînes de télévision tout le lundi, arrachant des mimiques attristées aux vieux présentateurs libidineux tandis que les jeunes femmes pulpeuses qui leur servent de faire-valoir ont affiché de gracieux sourires de compassion en cambrant le bassin et en bombant leurs seins. C'est dire si l'émotion est à son comble chez les Transalpins ! À Venise, il n'y a jamais d'accident de la route pour endeuiller le week-end sacré et voilà que deux morts affreuses viendraient ternir la fête. S'agit-il d'un accident ? Impossible : la marquise, sportive accomplie, passe pour un as de l'aérostation. S'agirait-il d'un double suicide ? Nos collègues italiens l'excluent dans une famille aussi prestigieuse. D'ailleurs, dans ce cas improbable, pourquoi les deux malheureux n'ont-ils pas sauté ensemble dans le vide en se tenant la main ? nous demanderons-nous avec mes confrères vénitiens. Meurtre de l'épouse suivi du suicide du mari comme dans certains drames passionnels, alors ?

Tout le monde là-bas refuse d'envisager le crime dans un couple si uni qui attendait depuis quelques mois un heureux événement, et la Vénétie entière avec eux. »

– C'est pas Venise, c'est Rome antique, ironise Lebru, peu porté sur le sentimentalisme.

– « On se perd en conjectures là-bas, sans les exprimer toutes. Et si les deux avaient été précipités dans le vide par un homme de main ? Et si la Mafia était derrière ces morts affreuses, ou une loge maçonnique, ou un service secret, ou les trois à la fois comme cela s'est déjà vu ? Moi, j'ose formuler ces hypothèses. Aucun préjugé favorable ne doit nous aveugler. Il nous faut la vérité, aussi cruelle qu'elle soit. »

– Je t'en ficherais, charognard, va.

– « Les Italiens se félicitent qu'il n'y ait pas eu en France de tierce victime. On se souvient là-bas qu'une passante âgée avait péri lorsqu'un désespéré s'était jeté de son planeur sur le Campo Sant'Angelo, il y a quelques années. En tombant sur elle, l'homme lui avait brisé les vertèbres cervicales et les cols des fémurs. Zanna Follador, 77 ans, veuve et sans enfants, venait de déposer un cierge à l'église toute proche, comme tous les dimanches, pour gagner le gros lot au prochain *totocalcio*, selon ses voisines. Un miracle si les Pont-audemeriens et les Honfleurais ont pu jouer à l'Euro-million et s'en tirer indemnes dimanche.

De cette affaire, le lecteur sait encore trop peu de choses. À qui la faute ? Il sait où, il sait probablement qui, grâce à mes confrères italiens et votre serviteur, même si cette identité prestigieuse reste à confirmer. Il ne sait toujours pas pourquoi ces morts et pourquoi chez nous, dans notre tranquille Normandie. Il pensera qu'immanquablement, comme tous mes interlocuteurs italiens que la résolution de ce mystère vénéto-normand est une priorité, à l'heure où la construction de l'Europe a besoin de relance, tout comme l'économie et le tunnel ferroviaire de la Chartreuse qui doit relier Lyon à Turin. Or on piétine. L'enquête s'avère balbutiante, bégayante, voire muette de ce côté-ci des Alpes. »

– Mais il mérite une paire de tarte, ce pisse-copie prétentieux ! s'exclame Lebru. La prochaine fois que je le vois rôder autour de nous, je le transforme en bavure !

– « On assure là-bas que la police italienne essaie d'entrer en contact officiel avec son homologue française mais… que de tracasseries et de lenteurs administratives retardent les choses ! On s'en serait douté. Pauvre France, quelle image donnes-tu à tes amis étrangers ? Heureusement, la presse veille. Le journalisme est à l'heure des transmissions instantanées, de la globalisation immédiate, lui. Un contact personnel me tient personnellement informé heure par heure des émotions ultramontaines. Je n'ai qu'une hâte : vous transmettre à mon tour, amis lecteurs, l'information. Je n'ai qu'un objectif : stimuler les policiers en charge de l'enquête chez nous. Écartons au plus vite ce nouveau fléau qui met en danger le promeneur normand : la pluie des morts illustres ! »

– Tout de suite les grands mots. Pourquoi pas les sept plaies d'Égypte ou l'Apocalypse et le grand cornu qui jette les étoiles du ciel sur la terre. Ah ! Il parle de vous, patron, et du chef aussi !

– « Dernier mystère : je le livre d'ailleurs aux commissaires Khencheli, chef de la brigade criminelle du Havre, et Georges Faidherbe, revenu d'on ne sait d'où, fringant certes mais encore trop jeune peut-être pour cette intrigante affaire, le meilleur que j'ai gardé pour la fin : les marquis de Venise ne déambulent pas en perruque, ils sont pourvus de chevelure. Pourquoi nos écrasés du week-end sont-ils chauves ? Qui nous le révélera ? Enfin, que sait la police française ? Hugues Lalouette. »

– Ah le connard, il a le culot de signer en plus.

– Vous parlez italien, Lebru ?

– Non, patron. Mais je crois que le commandant Faidherbe…

– Quoi Faidherbe ?

– Le commandant Faidherbe l'a appris en quelques mois, avec le grec et le portugais.

Khencheli lève les yeux au ciel et soupire. Les enfants prodiges le soûlent.

Quand Georges Faidherbe arrive après son jogging matinal et qu'il a retiré les écouteurs de son iPhone de énième génération, Nizar Khencheli lui tend le journal à son tour et ajoute :

– Très bientôt, nous aurons un collègue italien sur les bras, cadeau d'Interpol. Puisque vous êtes en charge de cette histoire de ballon, il est pour vous aussi. Du tact, du doigté mais baladez-le… Je ne veux pas que des étrangers nous donnent des leçons de police. Tirez-lui les vers du nez et ne lâchez que le strict minimum sur notre affaire. Au fait, Durozier devrait avoir du nouveau pour vous.

CHAPITRE 13

La morte de Venise

Au central de police havrais, Durozier fait son rapport à Faidherbe. Bras croisés contre son cœur, il tient une copie de la déclaration à la gendarmerie d'Anna Marie sur la disparition de sa sœur. Le visage du policier est plus empourpré que jamais. Aelez-Bellig Chouchen est là, toute maquillée, contrairement à son habitude. Elle a passé une nuit affreuse, contrecoup des horreurs du dimanche. Comme beaucoup de ses collègues, elle affiche détachement et maîtrise de soi face aux faits mais rumine les horreurs de retour chez elle. Et le lendemain elle se tartine le visage pour masquer les ravages d'une nuit blanche.

Durozier résume en rougissant :

– Voilà : cette disparue est brune, grande, charpentée, avec des yeux marron. Pas vraiment sa sœur, petite, mignonne... Pas le profil physiologique de la morte dans la caravane de toute façon. Enfin, rien en commun avec notre chute, quoi.

– Toi, tu nous caches quelque chose, fait Aelez-Bellig Chouchen malicieusement.

Elle a vite compris que son collègue est tombé raide dingue de la femme témoin.

Durozier devient cramoisi.

– Moi ? Non !

Faidherbe entre dans le jeu de Chouchen :

– En attendant que la mémoire te revienne, lis ça, Casanova.

Le policier change de couleur au fur et à mesure qu'il avance dans sa lecture de l'article du *Havrais-Pressé*. Il devient tout pâle, presque gris, et il lui échappe un cri de souris suivi immédiatement d'un soupir de soulagement.

La pièce ajoutée par l'information en provenance d'Italie reconfigure le puzzle à propos. Il est prêt à adhérer aussitôt à l'affirmation extravagante de Lalouette et des Italiens car elle est rassurante pour la sœur de Flore :

– La marquise a peut-être les yeux verts... Elle est en photo sur le Net ? Il ne coûte rien de vérifier.

Faidherbe se passe la main sur ses cheveux frisés et soupire. Il s'apprête à être dur avec le tendre Durozier quand un coup de fil du planton de l'hôtel de police l'interrompt.

– La police italienne m'attend au rez-de-chaussée... Vérifie les yeux et envoie au juge une demande de relevé des appels lancés et reçus sur le numéro de portable de la présumée disparue.

– Ce n'est pas sûr qu'il accepte, remarque Chouchen.

– On aura essayé, répond Faidherbe à sa collègue en désignant du menton un Durozier éperdu d'espérance.

– Si les policiers deviennent sentimentaux, une révolution culturelle se prépare, commente sarcastiquement la jeune femme.

Au débouché de l'escalier qu'il a descendu quatre à quatre, le commandant découvre, entourée de tout ce que comptent de jeunes fonctionnaires les services du rez-de-chaussée de l'hôtel de police, dans un imperméable mastic chic cintré, Ornella Muti dans la trentaine, une valisette à ses pieds et un sac à main Lancel au bras. Deux ou trois filles en uniforme observent en retrait, le sourire narquois aux lèvres, l'empressement de leurs collègues masculins et l'élégance un brin trop clinquante de l'étrangère.

– Commissaire Claudia Da Ponte, de la police criminelle de Venise.

L'Italienne s'est présentée avec un grand sourire charmant et un accent musical où le roulement des r fait l'effet sur l'ouïe de Faidherbe d'un roucoulement de colombe.

Lui-même répond en italien, puis comme son interlocutrice semble connaître le français, il continue dans sa langue maternelle.

– Vous tombez à pic, c'est justement l'heure du *spuntino*[1].

1. La pause-café.

Il la prend par le bras pour la mener jusqu'à l'ascenseur pendant qu'un jeune gardien se précipite sur la valise et entame un sprint dans les escaliers pour se trouver devant la porte avant son ouverture. Peine perdue : quand il arrive tout essoufflé, l'étage entier est massé dans le couloir et lui barre le passage. Il a beau s'écrier en haletant : « Laissez passer le bagage de la commissaire », personne ne s'écarte. Tout le monde veut voir le canon qui est échu à ce veinard de Faidherbe.

Émois désordonnés, panique des sens dans la brigade : Lebru s'affaire devant la machine Nespresso et, en tremblant, sort de sa biscuiterie personnelle un assortiment de gourmandises, Durozier frotte énergiquement des fonds de tasses culottés par des années de café, Chouchen jette un bref coup d'œil dans son miroir de poche. Une belle Italienne. Les nouvelles vont vite à l'heure de l'Europe des polices.

Khencheli interrompt sa réunion de travail avec le capitaine Fésol et les autres. Ils abandonnent la nouvelle circulaire ministérielle, qu'ils cherchaient à interpréter à grand renfort de coups de fil aux autres brigades plongées elles aussi dans la même exégèse. Tout ce petit monde a jailli de la salle de conférences pour se placer sur le trajet de la jolie collègue étrangère.

Quand l'Italienne entre, escortée par un Faidherbe à l'air halluciné, c'est tout juste si on ne se prosterne pas. Khencheli fait des ronds de jambe dont personne n'aurait cru capable ce petit homme nerveux et pète-sec. On a déroulé le tapis rouge du festival de Cannes sur le dallage en matériau de synthèse imitation marbre du service. Aussitôt après que le patron s'est présenté, Claudia Da Ponte cherche le regard de Chouchen. Elle a besoin de se sentir soutenue devant l'excessif empressement de tous ces messieurs. Aelez-Bellig continue les présentations puis l'amène près de la machine à café. En la distinguant parmi ses collègues masculins, l'Italienne a mis la Bretonne dans sa poche. Par gentillesse, elle sirote une goutte de café et grignote un morceau de gavotte que lui tend Lebru avec son air des plus gourmands qui pourrait passer pour une mine salace. Quand elle a compris que Georges Faidherbe n'est pas un stagiaire, en dépit de son aspect juvénile et qu'il est vraiment en charge de l'enquête, elle entre dans le vif du sujet.

– Je pourrais voir les cadavres, commissaire ?

Lebru manque de s'étouffer avec la gavotte qu'il met en miettes dans sa bouche.

– À jeun ? demande-t-il sans qu'on lui ait demandé son avis.

Faidherbe a soudain un air affolé. Son rajeunissement n'a rien changé au rythme particulier de ses fonctions intestinales : elles ne sont opérationnelles qu'une fois par semaine mais pendant deux heures de rang. Avec sa crise cardiaque il y a quelques années, tout s'est décalé de quelques jours, le mardi est devenu son jour d'évacuation au lieu du vendredi primitivement. Les heures, milieu de matinée, n'ont pas changé. On est mardi, il est 10 heures, il faut qu'il y aille. Il fait des signes à Chouchen pour lui signifier d'emmener toute seule la commissaire Da Ponte à l'institut médico-légal. La jeune femme a compris et entraîne l'Italienne vers la porte.

– Le commissaire ne vient pas ? s'étonne Claudia Da Ponte en le voyant s'esquiver dans la direction opposée.

Lebru, ravi, en profite pour enfoncer le rival. Avec une expression faussement désolée, il répond à la place de Chouchen :

– Que voulez-vous ? Il est de ces policiers que les cadavres font chier.

L'Italienne, interloquée, s'arrête un instant. Elle fronce les sourcils, cherchant à comprendre la subtilité que cache peut-être une telle grossièreté. Il lui déplaît aussi que le jeune rouquin se soit défilé sans prévenir.

Chouchen en profite pour envoyer une ruade de son pied droit dans le tibia de Lebru. Il fait un pas de côté, l'évite et suit leur sortie d'un peu plus loin.

Pendant ce temps, Durozier s'anime au téléphone puis lance à la cantonade, sans s'apercevoir immédiatement que tout le monde autour de lui a disparu :

– Les gars, les gendarmes de Pont-Audemer ont fait une trouvaille. Ce n'est qu'une voiture mais j'y retourne quand même.

Il est devenu pivoine.

Les deux jeunes femmes se sont éloignées pour prendre la route de l'institut médico-légal. Passant entre une haie d'hommes qui la saluent à l'extérieur du bâtiment, l'Italienne prend le port altier d'une princesse offusquée.

CHAPITRE 14

Les vivantes, la morte et le légiste

Au bureau d'identification de l'institut médico-légal, le secrétaire de l'accueil a la tête d'un matou à moitié endormi mais pas castré. Il fait durer les formalités et se pourlèche dans la contemplation des deux jeunes femmes bien vivantes et appétissantes.

Deux étages au-dessus, le légiste les attend, assis derrière le petit bureau de son laboratoire encombré de paperasses empilées en strates archéologiques. Un coup de fil de l'hôtel de police a prévenu Foutel : « Le lieutenant Chouchen arrive avec une Italienne canon. » Le docteur feint de ranger des dossiers à la lumière de sa lampe frontale, après avoir préparé soigneusement ses cadavres. Il n'aime pas les visites inopinées. « La plus belle femme du monde », en plus ! Les gens ont de ces expressions ! Est-ce que lui crie au téléphone : « Venez voir le plus beau cadavre du monde » ? Qu'est-ce que c'est que ce cirque ? On va lui faire encore perdre son temps. Sauf sa femme, à laquelle il tient comme au plus rare de ses meubles anciens, collectionnés avec amour, les autres ne l'épatent que mortes, quand il y a une énigme à élucider scientifiquement.

Des pas résonnent dans l'escalier, puis on frappe à la porte du bureau.

– Entrez, lance le légiste d'un ton rogue.

La porte s'ouvre. Les deux jeunes policières se tiennent un instant là, sur le seuil, sous la lumière jaunâtre d'un petit globe. Claudia Da Ponte précède Chouchen. Le reste de la pièce, hormis l'espace réduit éclairé par la lampe frontale du médecin, est plongé dans la pénombre. Ce n'est pas la lumière idéale, et pourtant… Foutel essaie de se redresser sur sa chaise pour se lever, s'accroche aux bras de son fauteuil. Rien à faire. Il est saisi, pétrifié. Le *buongiorno* qu'il a mastiqué dans tous les sens par un sursaut de politesse ne sort pas.

Une bulle minable éclate au bord de sa lèvre. L'Italienne est belle, simplement. Pas besoin de superlatifs. « Je suis belle ! Ô mortels, comme un rêve de… » Baudelaire avait raison : la beauté rend muet. Il ne l'aurait jamais cru jusqu'à présent.

– Ça va, docteur ? Vous paraissez surpris… Ne me dites pas qu'on ne vous a pas prévenu.

Chouchen lui parle sur un ton moqueur, protégeant ses yeux d'une main. L'Italienne, aveuglée aussi, détourne le regard, offrant son profil parfait à l'ombre chinoise d'un mur. C'est *Cinema Paradiso*. Nouvelle bulle à la commissure des lèvres du docteur. Il bredouille :

– On m'avait prévenu, oui. Mais quand même…

Chouchen fait les présentations. Le légiste parvient à se lever, rajuste sa blouse et s'approche de la femme. Un défaut ! Vite, lui trouver un défaut, une tache moche sur le nez, un bouton disgracieux, des cheveux gras… quelque chose, quoi. Il dirige sa lampe frontale sur toutes les parties de ce visage sublime. Sa peau d'abord : carnation brune pigmentée de fine dorure, rien à dire. Ses lèvres charnues vibrent : elle va parler. Elle parle : timbre envoûtant au léger grain minéral. Il ne veut pas l'entendre, on n'écoute pas une sirène. La lumière de sa lampe croise les illuminations lancées par des yeux aigue-marine sidérants. Il éclaire le bas du visage, saisit furtivement l'intérieur de la bouche : palais splendide !

– Vous pouvez éteindre ça ? demande-t-elle avec son accent chantant. *Grazie. È possibile…* voir les corps ? Présentez-les-moi comme si nous ignorions tout de leur identité, je vous prie. Je dois être rigoureuse et prudente. L'affaire est énorme chez nous en Italie.

Les dents : implantation parfaite, blancheur exceptionnelle. Quoi ? Elle s'intéresse aux cadavres, comme lui ? Parfaite ! Elle est parfaite. Que n'a-t-il vingt ans de moins ? Quelle lubie lui a-t-il pris de se marier jeune ? Foutel est conquis, il se met aux ordres sans plus rechigner. Avançant avec une raideur d'automate, il fait pénétrer les deux policières dans une autre pièce faiblement éclairée par le signal rouge d'une lumière de sécurité.

Les tiroirs à cadavres recouvrent la moitié inférieure du mur de droite. Au centre de la pièce, on devine, dans la pénombre, une masse sombre. Il fait froid, une légère bruine les enveloppe dès l'entrée. L'Italienne se calfeutre dans son imperméable ciré dont elle remonte le col avec une classe inégalée. Foutel referme la porte. Il s'enveloppe, lui, d'une doudoune à col en fausse fourrure. Chouchen croise les bras et se tapote les flancs en grognant.

Au bloc, le légiste allume les trois projecteurs puissants de la lampe scialytique. La masse entrevue dans l'ombre se révèle sous la lumière franche. C'est une table d'opération plutôt inhabituelle, constituée d'un grand plateau circulaire que recouvre une cloche transparente. On croirait une énorme cloche à fromage, si ce n'est que dans la matière étendue le brun-rouge domine.

– Voici la femme ! s'exclame Foutel. Type caucasien, 35-40 ans, aucun bijou retrouvé dans ce corps où, comme vous le voyez, tout s'est un peu mélangé dans la réception au sol. Signe particulier de la tête qu'on verra plus tard : calvitie complète, j'y reviendrai.

Sur le plateau repose le corps sans tête, disloqué et difforme, de la première chute sur la caravane, à Pont-Audemer. Claudia Da Ponte s'approche. La cloche est munie de poignées qui permettent d'ouvrir chaque moitié de l'hémisphère. Elle en saisit une et s'apprête à soulever le couvercle. Foutel hurle :

– *Vade retro*, malheureuse !

C'est la seule mise en garde qui lui soit venue dans l'urgence, du latin à défaut d'italien. La jeune femme comprend et s'écarte vivement. Foutel explique sa réaction :

– Mille excuses, *sirena*, pardon, *signora*. Je voulais vous protéger. Vous savez que ces individus étaient chauves tous deux, mais seulement chauves. C'est courant chez les hommes mais pas aussi totalement. J'ai écarté les traitements chimiothérapiques, les alopécies génétiques, un rasage rituel ou esthétique. Alors ? Un empoisonnement ? J'ai d'abord pensé à une intoxication au polonium, mais ça ne colle pas. Les tissus intérieurs semblent sains et je n'ai pas de trace radioactive, un peu comme s'ils avaient été soufflés par quelque explosion… ce qui expliquerait qu'ils aient été dénudés d'ailleurs. Seulement, on n'a relevé aucune trace de poudre dans la nacelle, une pincée de soufre sans conséquence. Principe de précaution oblige, j'ai cependant préféré les enfermer durant les observations. D'où cette installation un peu singulière. Observez-la bien, je ne la garde pas, je l'envoie au CHU de Rouen pour une virtopsie, une autopsie virtuelle complémentaire : scanner, IRM, et *tutti quanti*, je n'ai pas le matériel. Le Havre n'est qu'une sous-préfecture, ici nous ne bénéficions pas du matériel nécessaire à l'heure actuelle.

– Ma collègue aurait besoin d'un échantillon, docteur, pour une identification génétique, intervient Chouchen.

– C'est en cours ici aussi, nous aurons des résultats d'ici deux ou trois jours, avec ceux des traces relevées dans la nacelle. Voulez-vous voir l'autre corps, *signora*, celui de l'homme ?

– Finissons d'abord avec la femme, demande l'Italienne.

Foutel descend une immense loupe sur le champ opératoire, à l'aide d'un bras articulé.

– Observez bien, là, au centre du plateau : ce que vous voyez à l'emplacement de ce petit monticule multicolore, entre la voûte plantaire du pied droit et l'omoplate gauche, est le contenu de l'estomac de la victime. Eh bien, c'est le même que celui de l'homme tombé sur le clocher de la ville d'Honfleur, petite cité où, soit dit en passant, je me ferai un plaisir d'être votre cicérone sur les thèmes des antiquités normandes et de la gastronomie…

– À quand remonte ce dernier repas, docteur ? le coupe Chouchen.

– Les deux victimes ont dîné le samedi soir ensemble. Et voici leur menu.

Le docteur pointe l'index vers le tas innommable.

– Je passe sur l'*antipasto*, assiette de charcuteries diverses sans originalité particulière, pourtant ils en ont repris, deux fois. Ils devaient avoir très faim : ils étaient donc en pleine santé. Nous commençons les choses sérieuses avec un plat de pâtes : *linguine alle vongole*, comme touches d'originalité, un brin de fenouil et un filet de jus de citron. Puis nous partons ensuite sur une brandade de morue servie froide avec des tranches de polenta grillées.

L'Italienne commente :

– *Bacalà mantecato*. C'est un plat vénitien.

– Nous poursuivons avec du *cacciocavallo* en guise de fromage, de belles portions, et finissons classique par une *crema fritta alla veneziana*.

Claudia Da Ponte se fait songeuse :

– C'est étrange, ce dessert n'est pas de saison, on ne la fait que jusqu'au Carnaval.

– Encore une énigme à éclaircir, dans *Top Chef* peut-être, fait Chouchen que le numéro du légiste commence à exaspérer. Et pour le vin ? demande-t-elle par provocation.

– J'aurais penché à leur place pour un Orto di Venezia, répond Foutel sans avoir senti l'ironie dans la question de la policière française, tourné qu'il est vers la belle étrangère, mais, après analyse je proposerais un cépage de qualité, fruité et aromatique, avec une haute teneur en acidité, faible en phénol, pauvre à la fois en tanins et en pigments. Pas d'élevage en fût de chêne ou alors, vraiment très peu de temps pour être décelable. Le raisin dont on a extrait ce nectar est d'un mauve tirant sur le bleu. Belle couleur, un peu comme vos yeux, belle dame.

La commissaire italienne ne sourit pas au compliment, elle se concentre un instant.

– Ce vin, *dottore*, vous en parlez bien, mais vous ne donnez pas envie de le boire, votre langage est un peu trop sec, trop technique, quoi. J'ai reconnu quand même un corvina de Vénétie. L'avez-vous goûté ?

– Je n'ai pas encore eu ce plaisir.

– Voilà un menu très italien, vénitien même, remarque Claudia Da Ponte. Il serait possible qu'ils aient dîné au pays. Il serait possible même qu'ils soient italiens. S'il s'agit bien des Toromonta, je dois avant tout écarter la possibilité d'un vol, je veux dire que des individus aient dérobé leur ballon pour ensuite tomber dans le vide. Vous, les Français, savez combien l'Italien est voleur…

– Italiens ? Ce qui voudrait dire que la veille au soir, ils étaient en Italie et le lendemain matin en France ? Italie-France, c'est faisable en une nuit en ballon ? s'étonne Chouchen.

– Ou en voiture : Turin-Le Havre, par exemple, ce n'est pas plus de dix heures, je l'ai fait moi-même, répond le légiste. Arrivés le matin, ils ont déplié leur bordel et se sont foutus en l'air, c'est simple, lieutenant.

La commissaire italienne n'entre pas dans le débat, elle reste songeuse.

– Pour avaler tout cela, il fallait bien une bouche avec une tête autour. Je ne la vois nulle part sur votre grande pizza, *dottore,* remarque-t-elle.

Foutel frappe dans ses mains.

– La tête ! Mais bien sûr ! Où l'avais-je moi-même ? Nous l'avons récupérée à part, sectionnée sur un câble électrique dans la chute. Je vais vous la présenter, *signora* commissaire. Venez !

Foutel s'éloigne un instant au fond de la salle et revient en poussant un grand chariot à deux niveaux. Des machines, des bouteilles de gaz occupent le plateau du dessous, où partent toutes sortes de fils et de tuyaux qui montent vers le bocal posé sur le plateau supérieur. À l'intérieur du bocal, un liquide visqueux tremble aux mouvements du chariot et fait vaciller la tête chauve de la morte.

– Je l'ai baignée dans une solution hydroponique, une sorte de système nourrissant hors sol inspiré des dernières recherches en botanique. J'ai toujours espoir qu'en préservant les cellules le plus longtemps possible, les tissus me parleront mieux.

– *Ma Doué béniguet !* C'est fascinant ça, docteur Frankenstein… et que vous a-t-elle dit, cette tête ? demande Chouchen, avec malice et horreur.

La policière italienne sort son portable.

– C'est une très bonne idée, *dottore*, car les traits du vivant sont bien préservés pour une identification. *Posso ?* Photo ? Je vais immédiatement envoyer les images en Italie pour identification.

– Bien sûr, faites. Attendez ! Je vais vous aider, la qualité du cliché n'en sera que meilleure.

Foutel se fléchit et commute plusieurs boutons-poussoirs sur une machine du niveau inférieur. On entend un faible grésillement puis un ronflement électrique régulier. Le bocal s'illumine progressivement, montrant maintenant la tête coupée très distinctement, les fils et tuyaux qui passent derrière le crâne et pénètrent à l'intérieur du cou. La préservation est spectaculaire : les vaisseaux crâniens paraissent encore irrigués, les lèvres sont purpurines, les joues fraîches. L'Italienne mitraille la tête sous toutes ses faces.

– Et vous n'avez pas encore tout vu.

Le légiste contourne le plateau et commute le bouton d'une autre machine. Les paupières s'ouvrent brutalement sur des yeux vert émeraude à la profondeur troublante. Ce ne sont pas ceux d'un cadavre, mais bien d'une belle endormie qu'on viendrait de réveiller.

– Deux petites électrodes sur les nerfs oculomoteurs et, pour votre plaisir, notre jolie poupée ouvre ses yeux, mesdemoiselles !

Les deux femmes se penchent pour observer de près le profil de la morte. Elles s'exclament en même temps, dans leurs langues respectives :

– Comme tu es belle !

– *Come sei bella !*

Da Ponte photographie les iris et envoie les photos. La porte s'ouvre derrière elles. Georges Faidherbe est entré.

– Déjà ? s'étonne Chouchen.

Par signes, Faidherbe lui ordonne de se taire et venant saluer Foutel et regarder la tête aux yeux verts, il chuchote à l'oreille de sa collègue :

– Je suis constipé, je t'expliquerai…

Chouchen détourne l'attention :

– Notre tête de Pont-Audemer serait italienne et le type tombé à Honfleur aussi, voilà l'info du jour.

Le téléphone de Claudia Da Ponte sonne.

– Une comparaison avec nos fichiers. En ajoutant différentes chevelures, nos services trouvent une correspondance.

– Déjà ? s'étonne Foutel.

– Nous avons des services rapides. C'est bien ce que nous craignions… Je vous présente la marquise Angelina Toromonta Di Ferie née Buson à Trévise, 35 ans, fille d'industriel, mariée au *marchese* Cosimo Toromonta Di Ferie, administrateur de sociétés diverses, directeur à Venise de la MPS, *Monte dei Paschi di Siena*, la plus ancienne banque du monde encore en activité, *sestiere Santa Croce*. Domicile : *palazzo* Toromonta Di Ferie, Grand Canal, et plusieurs villas en Vénétie et ailleurs, liste jointe. Sportive de haut niveau : ski, alpinisme, parachutisme, aérostation, plusieurs fois médaillée aux championnats d'Europe, du monde, aux jeux Olympiques. Liste jointe. Possède un ballon immatriculé IT 6660. C'est elle.

Elle tend son portable pour que les Français puissent vérifier la ressemblance entre la tête coupée qui flotte dans le bocal de Foutel, les yeux ouverts, et la ravissante blonde qui sourit à l'écran sur une coupure de revue pour people de luxe, un équivalent italien de *Point de vue* et *Images du monde*. Ils s'étonnent :

– C'est un article ?

– La famille Toromonta Di Ferie est bien connue chez nous et apparaît régulièrement dans la presse et à la télévision.

La policière revient au corps de la victime, ignorant superbement Georges Faidherbe qui esquisse une révérence à son approche. Elle se penche au-dessus de la cloche pour en examiner encore le corps :

– Sinon, qu'avez-vous lu de plus dans ses entrailles, *dottore* ? Il manque une information essentielle dans ce que vous m'avez dit.

– Ses entrailles ? Parce que vous lisez encore dans les entrailles par chez vous, à la mode étrusque ? Mais diable ! Qu'eussiez-vous voulu que j'y lusse, *commissaria* ? Les dernières pensées de la comtesse Taromancie ?

– Toromonta, *marchesa* Toromonta Di Ferie. La marquise était enceinte de sept mois quand elle est partie en voyage. On l'a vue dans tous les journaux et sur la Rai Uno, Due e Tre, « *Un erede per i Toromonta Di Ferie*[1] *?* ». Mais là… derrière votre écran bombé, je ne vois rien.

– Nul bébé dans ce corps, je suis formol… formel, je veux dire ! C'est bien la première chose que je vous aurais dite, voyons ! Un gosse de 7 mois ne disparaît pas comme ça !

Il accompagne son propos d'un claquement de doigts devant son nez avant de continuer :

– Aucune trace de gestation dans le corps disloqué de Mme Toromontée.

L'Italienne pince les lèvres.

– *C'è un problema, un grande problema…*

Elle se retourne vers le commandant :

– Tiens ! *Commandante Fatto-di-erba*, vous étiez ici ? Je pensais que mon enquête ne vous intéressait guère.

Faidherbe s'incline comme pour la saluer et lui touche l'épaule :

– Au contraire, Claudia, tu permets que je t'appelle Claudia, bien sûr ? Pas de commandant ni de commissaire entre nous, appelle-moi Georges, tout simplement. Au contraire, cette enquête me passionne d'autant plus qu'elle nous vaut ta présence parmi nous. En plus, j'apprends qu'il y aurait un polichinelle invisible dans le

1. Un héritier chez les Toromonta Di Ferie ?

tiroir ! Cette énigme me galvanise. Le mystère, je l'aime onctueux comme votre crème fraîche, la *panna.* Nous sommes servis, Claudia. Par ailleurs, j'ai la bobine du monsieur sur mon iPhone, je te l'envoie *subito.* Penses-tu que ce soit le marquis, en personne ?

Pendant que le petit groupe se transporte devant le tiroir où gît l'empalé d'Honfleur, Faidherbe à coups de chiquenaudes sur son iPhone envoie le portrait de la victime masculine et consulte sa messagerie. Durozier a envoyé quelques mots.

Le Dr Foutel a ouvert le tiroir, juste assez pour que la tête de l'homme apparaisse. Da Ponte se penche sur le visage du cadavre et compare les traits avec ceux de la photo fournie par Faidherbe. Question de cheveux mise à part, ce sont bien les mêmes, en plus paisibles. Elle envoie le fichier en Italie avec la requête d'identification.

En attendant la réponse, Faidherbe planifie le reste de la journée :

– L'heure tourne, Claudia, je te propose un déjeuner à Honfleur. Tu verras, l'endroit est à tomber. Puis nous irons à Pont-Audemer, notre Venise normande, sur les traces de la marquise, un collègue vient de m'avertir qu'il y a du neuf sur place.

CHAPITRE 15

Rendez-vous avec l'art cochon

À Honfleur, la Mégane approche le parc de stationnement payant qui jouxte le quai de Paulmier. À l'emplacement de l'ancien bassin du centre, Faidherbe gare la voiture dans un crissement de pneus entre deux bandes colorées. C'est l'occasion pour Claudia de s'étonner ironiquement : les Français ont donné le nom de Vinci à une entreprise de parking !

De là, les deux policiers montent vers l'église Saint-Léonard en passant par les deux lavoirs couverts du XIXe siècle et la fontaine qui les alimente. L'Italienne passe devant ces belles vieilleries en les regardant à peine.

Faidherbe arbore un sourire de propriétaire satisfait. Le temps est superbe, le miroitement de la lumière dans l'eau magnifie la cité normande. On dirait le Sud. Ce n'est pas sa région d'origine, mais il l'aime comme telle et encore plus. Claudia Da Ponte s'arrête de temps en temps pour se camper en silence devant le paysage qu'elle embrasse d'un air détaché. Elle se recoiffe, plisse des yeux en regardant l'horizon. Son visage est d'autant plus beau qu'il s'empreint de mystère. Mais serait-elle myope ? se demande Faidherbe.

Au pied du clocher de l'église, le couple lève la tête. Face à la pointe d'acier tordue en forme d'éclair où s'est embroché son compatriote, la commissaire Da Ponte est prise d'un frisson que Faidherbe perçoit au niveau de sa nuque, où le léger duvet brun sous sa chevelure ramenée en chignon a frémi.

– *Che orrore*[1] !

Elle parle enfin. Faidherbe, lui, ne dit mot depuis le départ du Havre. Elle a lu le rapport d'enquête et vu les victimes, inutile d'en rajouter, ce serait lourd et la belle est raffinée. En plus, il a ruminé toute la route son approche pachydermique à l'institut. De toute façon, en la seule présence de cette jeune femme, il est intimidé et ne parviendra plus à faire le coq comme tout à l'heure, chez le légiste.

Ils s'attardent peu devant le portail gothique flamboyant de l'église et prennent la rue Cachin, puis la rue de la République. Ils abordent le bassin de l'Ouest, le

1. Quelle horreur !

Vieux Bassin, dont les représentations peintes dans tous les styles ornent les galeries de peintures et les tourniquets de cartes postales. Claudia les a remarquées, elle est curieuse de voir dans sa réalité l'endroit qui les a inspirées. Quelques façades de brique et la multitude des fenêtres égaient ce que pourrait avoir de sinistre l'alignement de ces façades essentées d'ardoises, comme une muraille de plomb au-dessus du bassin.

– *Che bella città*[1] ! s'exclame l'Italienne, les yeux rieurs.

– Tu n'as pas de carte à envoyer, famille, amis... amour ? ose Faidherbe rougissant.

Elle lui adresse en retour un sourire désolé en haussant les épaules.

Faidherbe se mord la lèvre. Encore une nouvelle offensive minable. Il doit se reprendre. Il en a connu d'autres des femmes, bon sang, et d'aussi intimidantes ! Ses collègues y font quelquefois de lourdes allusions. Ce savoir séduire a aussi disparu avec ses troubles de santé, ce n'était donc pas de l'instinct !

– Tu es bien jeune pour un commandant de police, Giorgio.

Tutoiement, prénom italianisé. Tout n'est pas perdu. Faidherbe s'arrête. Il rejette une mèche rousse d'un mouvement de tête, prend la main de la femme et la regarde intensément : lui aussi sait plisser les yeux et peut faire son mystérieux, comme dans *Twilight*.

– Si tu savais. Je reviens de loin. J'ai été plus vieux, avant. J'ai... enfin... j'ai été atteint d'une maladie rare, une sorte de progeria inversée, une variante du syndrome de Benjamin Button, mais *tutto va bene*[2], rassure-toi, maintenant je suis reparti dans le bon sens ! Bref, je suis un véritable cas de la science. C'est une histoire incroyable et pas toujours facile à vivre.

1. Quelle belle ville !
2. Tout va bien.

– Mais je la connais un peu, ton histoire, j'avais une note te concernant dans mes dossiers. Je l'ai lue dans l'avion, répond Claudia en retirant sa main.

– Alors… ?

– Alors je dis que même si tu as de nouveau des boutons sur la face, *non ti permettere di fare* le niais avec moi.

Elle a dit ça avec un hochement de tête lent, l'air faussement compatissant. Elle tapote sa tempe de son index pour signifier « *Capito*[1] *?* ».

– OK, oublie ça, c'était de l'humour. Humour normand potache. Meuh…

Ils poursuivent leur chemin en riant, lui meuglant, elle le traitant de fou. Les passants se retournent sur ce couple d'adultes qui s'amusent comme des enfants.

Faidherbe la conduit ensuite à l'église Sainte-Catherine. La commissaire découvre la double nef reconstruite en bois par les charpentiers navals au XVe siècle. Elle hoche la tête et sourit, conquise.

– Mon père était charpentier de marine, explique-t-elle. Il a longtemps travaillé au *squero*, le dernier chantier de construction de gondoles à Venise. Je lui parlerai de ce beau travail. Quand je lui ai appris que je venais ici, il m'a accusée d'aller chez l'ennemi des gondoliers !

– Pourquoi l'ennemi ?

– C'est à Honfleur, m'a dit papa, qu'on a essayé la première hélice.

Faidherbe, que la faim commence à tarauder, en traçant en l'air une spirale avec un index interrogateur, suggère :

– À propos, ça te dirait de manger des escargots ?

Elle esquisse une moue dégoûtée. Georges Faidherbe la fait alors entrer dans un petit restaurant gastronomique

---

1. Compris ?

de la rue des Logettes. Le couple se met d'accord, on ne parlera pas de l'affaire ni d'autres choses répugnantes pendant cette pause déjeuner.

La conversation en vient à la poésie. Claudia voudrait voir la maison de la mère de Baudelaire. Cette bâtisse n'existe plus. La jeune femme est aussi pianiste. Erik Satie est né à Honfleur. On peut visiter sa maison, mais pas aujourd'hui, ils ne sont pas en vacances. Dommage.

À mesure que le repas avance, plus l'Italienne s'anime et plus le Français devient sombre. Il ne peut pas donner la réplique à une femme cultivée et amatrice d'art comme elle. Dans sa vie, ô combien romanesque par ailleurs, la pratique artistique tient peu de place. Il n'est pas question de lui avouer que dans une période antérieure, il a joué de la veuze, cornemuse vendéenne. Soudain, il lui vient une idée lumineuse. À deux pas du restaurant, dans la rue Brûlée, une ancienne connaissance, le peintre anglo-normand Jim Narcissus Godett, a sa galerie. Faidherbe se souvient d'avoir reçu une invitation à l'occasion de son inauguration. Il présentera l'artiste à Claudia. La fin du repas est un pot-pourri de banalités charmantes.

Lorsque les deux policiers se présentent chez Jim Narcissus Godett, l'artiste est au téléphone au fond dans l'unique pièce, étroite et profonde constituant toute la galerie. Sa permanente bleutée, sa salopette de coton jaune et sa chemise à jabot de soie violette chatoient sous les lueurs croisées des jeux de spots qui éclairent les œuvres exposées à la vente et, surtout, l'artiste lui-même. Les voyant entrer, le maître abrège sa conversation téléphonique en anglais et avance avec la grâce calculée d'une danseuse de cour khmère.

– Ah, mon petit George, je suis content de vous voir. Vous avez vu la mine horrible que j'ai aujourd'hui ? J'ai beau me barbouiller de fond de teint, rien n'y fait, je suis gris. *So desperate*[1]...

Il a prononcé « George », à l'anglaise. Il s'interrompt un instant pour examiner Claudia Da Ponte.

– Et toujours accompagné des plus belles...

Claudia sourit ironiquement au compliment.

– Toute votre jeunesse et votre beauté me font un bien fou ! J'ai passé une nuit atroce. Réveillé toutes les dix minutes par des cauchemars épouvantables. Tantôt je n'avais plus de mains, tantôt plus de pieds, tantôt plus de dents – en fait, je n'ai déjà plus de dents, seulement un dentier hors de prix –, tantôt plus de langue, tantôt plus de...

Godett baisse les yeux sur son entrejambe puis les ferme avec une expression d'horreur.

– Une abomination ! C'est à cause de l'accident de clocher de l'autre jour. J'ai vu le malheureux embroché, de mes yeux si sensibles.

Les mines contrites de ses visiteurs montrent à l'artiste qu'il a produit son petit effet. L'Anglo-normand change d'humeur. Un large sourire s'épanouit sur son visage :

– Mon nouveau galerie vous plaît-il ? Je me partage avec celui d'Yport. Et ça marche plutôt bien.

Godett a encore quelques problèmes avec le genre en français.

– Ici, je fais un peu dans le...

Il hésite un temps.

– ... frivolité. Ça plaît ici. *A lot*[2]!

Ils font le tour de la petite salle. Beaucoup de vues du bassin de la Lieutenance envahi de sirènes aux poitrines généreuses ou d'autres créatures marines incongrues à la place d'humains. La plus étrange représente un Minotaure qui semble sauter de voilier en voilier à quai

1. Si désespéré.
2. Beaucoup !

à la poursuite d'on ne sait qui. L'artiste s'est arrêté devant. Il s'appuie sur le support d'une sculpture qui provoque un certain embarras chez Faidherbe en présence de Claudia. En bronze doré, on dirait un faune, tête humaine cornue grimaçante, buste humain, pattes de bouc, doté d'un sexe en érection démesuré.

– Vous aimez mon sculpture ? demande Godett à ses visiteurs.

– Beaucoup, répond Claudia sans se laisser démonter. C'est un sex-toy, ça, *signore* Godett ?

Elle s'est penchée et a regardé le dos de la statue, intriguée par le pénis percé. Derrière, un trou permettrait de placer une poire en caoutchouc ou une seringue à piston.

– Pas du tout ! se récrie l'artiste. Un hommage à la fécondité et la fertilité artistiques, voyons ! C'est ma première et unique sculpture. *My first, my last, my everything*[1]*!* Il y a longtemps que je voulais m'y mettre. J'attendais l'inspiration. L'original est en bois flotté. Je l'ai trouvé tout membré sur la plage de l'estuaire, je n'ai eu qu'à fignoler les détails et l'expression. *I love it!*

La commissaire italienne pointe du doigt le trou dans le dos de la statue.

Godett rosit :

– Il peut servir de vaporisateur de parfum d'ambiance, si l'on veut ; j'aime allier l'utile au symbolique. Cependant… parfois, il me fait un peu peur car il a quelque chose d'excessif, de… *naughty, a bit satanic*[2]. Je ne sais pas si c'est de la méchanceté chez lui, j'espère que c'est seulement de l'espièglerie. Elle est toujours un peu méchante, l'espièglerie. *Anyway*[3]*!* Les clients en raffolent.

Faidherbe, interloqué, déglutit difficilement puis finit par demander :

---

1. « Mon premier, mon dernier, mon tout » (Barry White).
2. Méchant, un brin satanique.
3. Peu importe !

– C'est l'original ?

– Une copie, voyons ! Vous n'écoutez pas, George ! Je vous ai dit que l'original était en bois. Je l'ai vendu à un très bon client, fin, cultivé, racé, très fortuné, très très fortuné... Mais prévoyant la demande, j'en ai fait faire des copies en bronze, numérotées, de diverses tailles et d'autres moins chères en résine. C'est très bien, la résine, aussi, quand on est pauvre.

Il se retourne, fait trois pas jusqu'à la petite table blanche qui sert de bureau et revient leur tendre un catalogue. Une file de zéros suit chaque chiffre qui commence un prix. Godett est devenu un artiste très coté.

En regardant Claudia d'un air malicieux, il précise :

– Il se fait même à taille humaine...

– Je constate que vous êtes espiègle vous-même, *maestro*, répond Claudia Da Ponte avec un sourire coquin.

– Ah, elle est adorable ! s'écrie Godett avec une mine de surprise.

Il s'éloigne, fait trois tours sur lui-même, applaudit et s'exclame :

– Je l'adore. Où l'avez-vous trouvé, cet amour, George ?

– Elle est de la police italienne.

– Hélas, personne n'est parfait ! Revenez quand vous voulez, ma porte est toujours ouverte, même à la beauté féminine en chair et en os. Je ne suis pas de bois tout de même.

Sur ces mots, Godett retire le catalogue des mains de la belle commissaire étrangère et pousse les deux visiteurs vers la sortie. Il faut chasser le malheur de chez soi au plus vite, des fois qu'il serait contagieux. C'est sûr, l'Italienne est venue à cause de l'abomination de l'autre jour qui lui fait faire ses cauchemars. Et puis le galeriste attend des compatriotes qui seront là d'un instant à l'autre pour acheter, eux.

À la porte, sur une inspiration, Faidherbe résiste. Claudia est déjà dans la ruelle. Il sort son iPhone, montre une galerie de portraits à Godett à tout hasard :

– Avez-vous eu des clients parmi ces gens-là récemment ?

Godett tâte les poches de sa salopette, en sort une paire de lorgnons, et louche sur les images de l'écran.

– Récemment, non. Mais, celui-là, oui. Je ne pourrai pas l'oublier. C'était peu de temps après l'ouverture de mon nouvelle galerie ici, en juillet l'an dernier, un de mes premiers clients. C'est lui !

– Lui qui ?

– Le personne qui m'a acheté l'original plus une copie en bronze.

Claudia Da Ponte est très forte en devinette :

– Cosimo Toromonta Di Ferie, déclare-t-elle. En dix ans de mariage, il n'a pas pu mettre sa femme enceinte. Il commençait à perdre confiance en lui. On peut penser qu'il a cherché un remède, un fétiche des temps antiques.

– On dit que le Viagra rend les plus grands services aux vieux, commente Faidherbe.

– *Primo*, le marquis n'a que 40 ans, commissaire. *Secundo*, il s'agit de fertilité, pas de vigueur érotique.

Faidherbe rougit. Il a beau rattraper sa mémoire perdue grâce à des capacités cognitives décuplées, il lui reste des choses à apprendre et à comprendre. Après tout, il est encore un peu jeune. Il ne réplique pas, honteux et vexé.

Comme ils sortent de la rue Brûlée, place Berthelot, en vue de la fontaine à l'obélisque, le commissaire a la surprise de croiser les Smith, les Anglais propriétaires de la caravane sanglante. Remontant de la rue du Dauphin, ils coupent par le minuscule parking devant un marchand de chaussures. Le couple n'a pas l'allure erratique des flâneurs. Les deux Anglais savent où se rendre précisément et n'ont pas fait attention à Faidherbe. Le commandant les suit un instant du regard. Archibald et Prudence Smith se dirigent vers la galerie de Godett. Faidherbe se sent inexplicablement troublé par cette coïncidence.

– Tu les connais ? demande Claudia.

– Comme c'est curieux et quelle coïncidence, les Anglais ! C'est dans leur caravane qu'on a trouvé la marquise éclatée.

– J'aurai vu tout le monde, alors ? Tu es un cicérone formidable, Giorgio.

Faidherbe se raisonne. Après tout, ce sont des touristes qui roulaient vers Honfleur par l'itinéraire le plus long. Normal de les rencontrer ici.

Pendant que les deux policiers reviennent vers le parc de stationnement en silence, Claudia ne fait pas attention au trouble de son collègue français. Elle réfléchit à haute voix :

– Je ne comprends pas. Le cadavre de la marquise n'a pas de trace de grossesse. Pourtant, sur son compte Facebook, il y a une photo de sa première échographie. Tout Venise l'a vue, toute la Vénétie l'a vue, toute l'Italie, le monde entier l'a vue. *Anche io, l'ho vista*[1] *!*

À la fin, Claudia s'emporte ; mais si sa voix monte, elle n'en reste pas moins mélodieuse. On se retourne à leur passage. Elle pourrait chanter en s'accompagnant sur son piano.

– Alors c'est un faux ! s'exclame Faidherbe, mets les services italiens sur la piste. Moi, je lance Lebru dessus. Le premier qui obtient la réponse paie une pizza margherita à l'autre.

Claudia éclate d'un fou rire moqueur.

– Ben quoi, qu'est-ce que j'ai dit de si drôle ? se demande Faidherbe, interdit.

Une communication de Chouchen l'empêche d'y réfléchir plus longtemps.

1. Moi aussi, je l'ai vue !

– Qu'est-ce que vous faites, tous les deux ? On vous attend depuis une plombe ici.

– Où ?

– À la sortie de Saint-Symphorien. Pressez-vous, j'ai beaucoup de mal à retenir Bénédict : il ne rêve que de migrer vers le sud, à l'envers des hirondelles. Il doit rêver des filles du sud lui aussi.

Il y a du sarcasme dans le ton. Aelez-Bellig serait-elle jalouse ? Faidherbe ne sait plus où donner de la tête. Le retour de Claudia devant la voiture remet un peu d'ordre dans les priorités. Démarrage sur les chapeaux de roues, freinage sec devant la barrière de péage du parking, crissement de pneus dans le rond-point. Roulez, jeunesse ! Il va la décoiffer, la belle Italienne, sur la route de Conteville.

CHAPITRE 16

Venise-sur-Risle

Faidherbe dépasse Pont-Audemer, croise la ligne de chemin de fer désaffectée qui vient d'Honfleur, et s'engage sur la côte de Lisieux. Après les Préaux, où il explique à sa voisine passablement intéressée qu'une grand-tante à lui possédait jadis une usine de linoléum, il s'engage à droite dans le village de Saint-Symphorien. Des petites routes conduisent à la lisière d'un bois au milieu d'un paysage de bocage. En bordure est garée la voiture de Chouchen. Il se range derrière, coupe le moteur. Chouchen se trouve dans une allée qui entre dans le bois près d'un 4×4 immatriculé en Italie ressemblant à un énorme scarabée noir. Elle est en conversation avec deux hommes, un jeune et un vieux. À leur mise, entre l'ouvrier et le chasseur, Faidherbe devine des paysans. Sans doute le père et le fils.

Claudia Da Ponte photographie le véhicule, compare l'immatriculation avec ses données et jette un œil à l'intérieur : rien, aucun objet personnel, aucun vêtement visible. Pendant ce temps, le commissaire se fait faire les présentations par sa subordonnée.

– Ces messieurs ont trouvé la voiture sur leurs terres. En voyant les infos sur France 3, ils ont fait le rapprochement.

– Quand ?

Le plus âgé des deux, moustache grise, Gitane au bec et yeux perçants, répond. Le plus jeune trace des lignes de son pied droit dans le feuillage mort, les mains dans les poches.

– Je l'ai remarquée dimanche dans l'après-midi. Nous n'avions rien à faire ici avant. Elle a pas bougé depuis. Ce sont les numéros qui m'ont mis la puce à l'oreille.

Il y a quelque chose de sournois et méfiant dans la voix. Serait-ce que l'aspect trop jeune de Faidherbe suscite la méfiance partout, désormais ? Très mauvais pour un nouveau départ dans la carrière policière. Soudain, l'idée lui vient :

– Où avez-vous mis la remorque ?

Le plus jeune, la trentaine quand même, s'énerve contre son père :

– Je t'avais dit qu'i fallait rin dire. Qu'on aurait rin que des emmerdes. Et voilà, t'es servi !

Le vieux hausse les épaules.

– À l'abri chez nous dans un bâtiment, des fois que des voleux la barbotent. Y a des Manouches qui rôdent parfois par ici.

Faidherbe n'est pas dupe. Les deux paysans ont pensé s'approprier sans frais la remorque. Ça peut toujours servir. La commissaire s'est approchée et lui souffle, en italien :

– C'est bien le 4×4 de la marquise. Ils ne perdent rien, les paysans, par ici. Ils sont tous comme ça ?

– Ils n'ont pas touché au 4×4. C'est honnête, déjà, non ? Ils crèvent, nos petits paysans, dans les campagnes profondes. On ne va pas leur reprocher de prendre leur part du capital européen quand il s'égare sur leurs terres.

Faidherbe reprend en français à l'adresse des deux hommes :

– Vous avez touché à quelque chose ?

– À rin, la bagnole est fermée à clef.

Faidherbe hoche la tête.

– C'est où chez vous ?

– Vous contournez le bois par là, la seule ferme sur la gauche. Maison à colombages et bâtiments en brique.

– Dans les environs, vous n'avez rien trouvé d'autre ?

– Quoi ?

– Portefeuille, téléphone portable, habits ?

– Rin que la voiture et la remorque, est déjà quèque chose, pas ? répond le vieux.

Faidherbe renvoie les deux hommes chez eux puis s'adresse à Aelez-Bellig :

– Chouchen, appelle les techniciens de la Scientifique. On embarque la machine et la remorque. Étude approfondie.

Il ajoute à l'intention de l'Italienne :

– Des indices à l'intérieur nous expliqueront peut-être pourquoi ils sont tombés de leur montgolfière.

– Nus ? Et à tant de distance l'un de l'autre ? demande Claudia. En somme, vous pensez à un double suicide ou à un meurtre suivi d'un suicide ou encore à deux meurtres par un tiers qui se serait échappé ?

– Exact, un homme, une femme, un ballon : trois possibilités. Les résultats du labo nous diront laquelle est la plus probable.

Ils sont sur le point de monter en voiture quand le brigadier Chouchen les hèle :

– Commandant, vous ne demandez pas où est passé Bénédict ?

Non. Il l'avait oublié, celui-là. Elle continue :

– Il a filé comme un fou à Bernay sous prétexte d'aller chercher la clef de l'appartement de sa disparue. Il pense que vous devriez y aller voir. Il vous attendra devant la porte. Faites-lui plaisir, commandant.

– Quand une idée le tient, celui-là ! soupire Faidherbe. Puisque nous repassons par Pont-Audemer, j'y mettrai le nez.

Le commandant est réputé pour son odorat très développé, un flair au sens propre qui pourrait presque rivaliser avec celui d'un chien. Il a même été rendu plus aigu depuis sa régression passagère à l'état d'humain primitif. Claudia est intriguée par cet échange dont elle n'a pas tout saisi.

– C'est un grand malade, ce Bénédict ?

– La maladie d'amour, incurable chez lui, l'éclaire Faidherbe.

– *Madonna*[1] ! Décidément elle est sentimentale, la police française. Je ne l'aurais jamais cru. Cela vous rend-il plus efficace ?

Il regarde en face ses yeux rieurs et moqueurs et, en rougissant, profère un énorme mensonge :

– Oui.

Le couple regagne la voiture. Sur la route de Pont-Audemer, Faidherbe ne dit plus rien et allume la radio. Camélia Jordana chante « Non, non, non, je ne veux pas prendre l'air… ». S'il était une fille, il penserait la même chose en ce moment.

Il trouve à se garer place Gillain à deux pas du monument aux morts. La Risle passe à côté. Une maison à essentage d'ardoises la borde. Claudia prend une photo. Elle adore le gris sombre des ardoises sur les murs.

---

1. Sainte Vierge !

– Alors, la voilà votre fameuse Venise normande ! s'exclame-t-elle, incrédule. Vous en avez combien, comme ça, des Venise en France ?

Et elle est reprise d'un fou rire. Quand elle a pu se reprendre, ils ont passé le pont qui mène de la place Victor-Hugo, anciennement du Pilori, à la rue de la République.

– Excusez-moi, en les additionnant toutes, on arriverait à peine à une mini-Trévise, non ? Il n'y a pas assez de cours d'eau ou de canaux ici.

Faidherbe a beau la trouver sexy à crever, cette fois, elle l'agace et il explose :

– Arrête d'être chauvine, Claudia, et profite du beau temps, du voyage et du paysage.

Il ajouterait bien « et de moi, aussi » mais il s'arrête avant à cause de sa nouvelle timidité de néopuceau, sans doute. Elle rit devant la masse grise de l'église gothique Saint-Ouen, elle rit dans les ruelles pittoresques, elle rit encore quand ils retrouvent Bénédict Durozier au bout de l'impasse, un Durozier passablement nerveux et agité, les clefs à la main, impatient d'entrer chez Flore Marie. Il n'est pas seul. Derrière lui, une petite jeune femme, moins de 30 ans, pull gris informe et jeans sans âge, soupire un timide bonjour. Anna Marie a voulu accompagner le policier chez sa sœur disparue. Le voyage depuis Bernay a été bien agréable. Ils ont beaucoup parlé, mais elle ne sait plus de quoi au juste, et lui non plus. Durozier paraît gêné maintenant. Il se dandine maladroitement et choisit de faire diversion pour ne pas aborder les raisons obscures d'une telle visite :

– Qu'est-ce qu'elle a à rire comme ça, la belle Italienne ? chuchote-t-il à son chef.

– T'occupe pas, Béné. Le manque d'eau la fait rigoler, cette conne, répond dans un souffle un Faidherbe résigné.

Si la grossièreté, à laquelle le Faidherbe d'ancienne version ne l'avait pas habitué, choque Durozier, il ne le montre pas. Anna a ouvert la porte. Elle s'efface pour laisser entrer les policiers, le commissaire en premier.

Faidherbe fait un pas à l'intérieur d'un corridor sombre puis inspire bruyamment le nez en l'air. Il lève soudain la main droite pour arrêter les autres, derrière lui.

– *Cosa c'è*[1] ? demande Claudia Da Ponte, subitement effrayée.

CHAPITRE 17

Le parfum du Mal

– Holà ! Ça pue la mort par ici ! s'exclame Faidherbe.

– Comment ça ? Mais je ne sens rien, moi..., s'étonne Durozier.

L'Italienne renifle. Elle fait une moue dubitative. Faidherbe répond vertement à son collègue :

– Béné, tu m'as fait venir pour faire le nez, non ? Alors je fais le nez, et je dis : odeurs de chair brûlée, fumet de soufre, parfum léger de poils grillés.

– Quand même ! Humez dans la discrétion ! souffle Durozier à son supérieur.

Scandalisé, il pense à l'effet de ces constatations sur la sœur qui les talonne.

– Je suis venu l'autre jour ici même avec Mlle Marie. Franchement je n'ai rien senti d'extraordinaire.

– Alors si tout va bien, pourquoi tu m'as fait venir ? demande Faidherbe.

– Pour une impression, répond Durozier.

---

1. Qu'est-ce qu'il y a ?

Il n'ajoute pas que soudain, il regrette. Il voulait rassurer Anna et la présenter, simplement. La dernière fois, il n'a pas fouiné à l'étage, dans les placards, le grenier, les conduits de cheminée. Il est pris d'un frisson. Il se retourne vers la jeune femme et lui empoigne les épaules :

– Restez sur le seuil un instant, Anna. On fait un tour de la maison et je reviens te chercher.

Les trois policiers avancent. Faidherbe devant, à pas lents, le nez toujours en l'air. Il s'arrête soudain et demande à son collègue :

– Au fait, tu la tutoies ou tu la vouvoies, ta copine ?

– Je ne sais pas encore. Les deux. Et ce n'est pas ma copine, chef, c'est un témoin.

– Un suspect potentiel, Béné. Si on retrouve la frangine zigouillée quelque part dans cette maison, ta belle est un peu en tête de liste, non ? Tu lui passeras des menottes en fourrure rose si tu ne veux pas trop la brusquer…

– Très drôle.

Faidherbe ignorant le rez-de-chaussée, ils montent directement à l'étage pour arriver à un étroit couloir qui se distribue sur deux pièces de chaque côté, et une en face, à la paroi vitrée opaque : la salle de bains. Rien là-dedans. Il ouvre l'armoire au-dessus du lavabo : la pharmacopée ordinaire d'une trentenaire et, comme chez beaucoup de gens, quelques boîtes de comprimés somnifères. Il les secoue, deux sont presque vides. Flore Marie avait sans doute du mal à dormir. À cause de quoi ? Le commissaire continue à humer l'air comme un chien d'arrêt. Il avance et choisit sans hésiter la porte de droite. Il tourne fermement la poignée.

La chambre est banale, les murs de papier peint vermillon, un grand lit à la couverture crème, à demi ouverte au sommet sur un unique oreiller. À droite, une fenêtre à croisillons s'ouvre sur la ruelle. Une armoire s'élève à gauche de la porte d'entrée, même pas normande. La chambre n'a pas de cheminée, elle doit être chauffée en hiver par le grand radiateur du couloir. Ni tableaux ni miroir aux murs. Pour un peu, on se croirait dans un hôtel. Un petit plafonnier, une table de nuit sans style, une lampe de même. Un banc de nuages plonge soudain la pièce dans la pénombre. La partie sous mansarde est sombre, comme la tête de lit, cachée dans le contre-jour.

Faidherbe allume. L'ampoule à basse consommation du plafonnier dispense avec quelques secondes de retard une lumière faible et verdâtre. Les policiers se dispersent dans la pièce. Durozier ouvre les deux battants de l'armoire sur des rangées de vêtements et de piles de linge de maison. Claudia Da Ponte s'approche de la fenêtre. Elle ne dit rien. Elle pense qu'elle ne devrait pas être là, que ses collègues français sont incompréhensibles comme la mort de ses compatriotes. Cette chambre basse, sa pénombre, l'humidité ambiante, cette maison d'un autre temps l'oppressent.

Faidherbe contourne le lit pour atteindre la soupente sous laquelle un meuble bas est posé, contre le mur, à hauteur de la tête de lit. C'est un lit de bébé en bois sombre, sûrement très ancien, de ceux qu'on se transmet de génération en génération. À l'intérieur, quelques poupées défraîchies, des nounours fatigués en pagaille que Faidherbe sort les uns après les autres pour atteindre le sommier. Souvenirs d'enfance de Flore Marie, sans doute. C'est drôle, sur ce sommier, il retrouve une odeur déjà perçue ailleurs, mais tellement perturbée par l'autre, nauséabonde, qu'il ne parvient pas bien à la remettre.

Il s'assoit sur le bord du lit et réfléchit : maison ancienne, fumets des festins, sueurs des amours et des maladies imprégnées couches après couches dans les murs de plâtre et de torchis ; la vie et la mort depuis des lustres. Difficile de faire le tri. Il se lève vivement, soulève le matelas du grand lit, le tâte, passe une main partout, entre les lattes et le sommier. Non. Rien. Pas même un petit cadavre tout plat de mulot coincé dans les ressorts.

– Oh ! Venez voir. Vous avez vu cela ?

Claudia Da Ponte a interrompu le silence de l'investigation. Elle a découvert un objet derrière la porte de la chambre, dans une niche réservée anciennement à la protectrice des lieux, Vierge Marie ou sainte Thérèse. Faidherbe s'approche. L'Italienne pointe du doigt une statue grotesque comme elle en a vu à Honfleur chez l'artiste ami de Faidherbe.

Durozier regarde, effaré :

– C'est quoi, cette horreur ?

– Ça, mon vieux, c'est un authentique *Faune bandant made in* Godett ! s'exclame Faidherbe. Coïncidence, nous avons rendu visite à son créateur, il n'y a pas une heure.

– C'est bizarre comme… enfin il a… le… qui… dites donc ! Vous voyez ce que je veux dire. C'est ethnique pour le moins, non ?

– Non, la question est plutôt : qu'est-ce qu'il fait là ?

– Je vais chercher Anna. Mlle Marie, se reprend Durozier, elle nous en dira peut-être plus.

– Pendant que tu descends, on jette un œil au reste des lieux.

Faidherbe se saisit de la statuette, la soupèse. Celle-ci est en bois de couleur brun sombre, presque noir. Il la respire à bonne distance. Trace de parfum de térébenthine. On l'a nettoyée, il y a quelque temps déjà. L'odeur méphitique ne vient pas de là. Il la tend à sa collègue italienne.

– Tiens, touche-la, elle porte sûrement chance.

Il ricane.

Claudia Da Ponte ne répond pas à cette énième lourdeur, prend la statuette et la retourne.

– Hum… « J.N. Godett *fecit*, 2013 ». Je suis troublée tout de même…

Claudia plisse des yeux. C'est charmant. Faidherbe adore quand elle fait ça. Elle poursuit :

– … Ton ami, *il maestro*, n'a-t-il pas dit que le marquis Toromonta avait été un des premiers clients et qu'il avait acheté l'original ? continue l'Italienne. Qu'est-ce qu'il fait là ?

– Bof, sans doute pas le seul. M'étonnerait pas qu'il en ait taillé une série en bois et qu'il vende chaque pièce comme unique, ce vieux filou. Il a du succès, Godett, la preuve. Rien de paranormal dans tout ça… Allons jeter un œil aux autres pièces, si tu veux. Garde-la pour la montrer à la copine de Durozier. On va voir la tête qu'elle fera. C'est peut-être elle qui a offert ce totem à sa sœur.

Ils visitent l'autre chambre. Elle est peu meublée et plus petite. Chambre d'amis avec un lit d'une personne, sommier nu. Sous la fenêtre : un minuscule bureau encombré de paperasses et de rouleaux de comptabilité, ainsi que des lettres de relance pour des factures impayées. Les affaires ne devaient décidément pas marcher très fort. L'odeur est plus discrète ici, la source est ailleurs. Durozier les rejoint dans le couloir, accompagné d'Anna Marie. Claudia lui met la statuette sous le nez, sans un mot, Faidherbe lève les sourcils.

– C'était où, ce truc ? demande Anna.

– Dans la chambre de votre sœur, dans une niche, derrière la porte.

– Jamais vu. Derrière la porte, vous dites ? Peut-être que je ne l'ai pas remarquée parce que sa chambre est toujours ouverte.

– Ça lui ressemble, comme goûts artistiques ?

Anna Marie fait la moue.

– Parce que c'est de l'art ? Peut-être… pourquoi pas ? Ma sœur ne donnait pas dans le gadget érotique. Mais je ne sais pas tout, et puis on change. Vous avez trouvé une piste sérieuse ? demande-t-elle plus inquiète.

Avant de répondre, Faidherbe se débarrasse du fétiche priapique des mains de Durozier qui, le prenant à bout de bras, retourne dans la pièce le reposer vivement dans sa niche comme s'il lui brûlait les doigts.

– Pas vraiment. Je ne crois pas qu'il faille vous inquiéter. Elle ne doit pas être bien loin, votre sœur. Si on a du nouveau, mignonne, l'inspecteur Durozier vous tiendra au courant. Il est très bien, vous savez, l'inspecteur Durozier. Eh ! Béné ! On fait un tour au rez-de-chaussée et on se tire ! Tu me phones, OK ?

De la chambre, l'inspecteur répond par un grognement. Il n'aime décidément pas ces excès de jeunisme. Pendant que Faidherbe et Da Ponte descendent l'escalier, Anna le rejoint dans la chambre.

– Vous avez fini, inspecteur ?

– J'arrive... Quand même, vous avez déjà vu un machin pareil, vous ? C'est fou, non ?

Durozier s'attarde devant la statue de Godett. Le personnage le fixe avec un sourire méchant et hypnotique. Le méat du sexe dressé semble un troisième œil, non moins menaçant que les deux autres. Le visage cramoisi, le policier tire sur le col de sa chemise et sue abondamment du visage. La statuette lubrique vient de troubler une fragilité émotionnelle précaire.

– Je lui trouve une sale gueule de vicelard, moi, souffle Anna, dégoûtée. Je ne comprends pas que ma sœur ait gardé ça.

Soudain elle se rend compte de l'état de Durozier.

– Ça n'a pas l'air d'aller, inspecteur.

– Pas trop bien, en vérité. Je ne sais pas ce que j'ai. J'ai froid. Je tremble. Je tombe.

Le policier vacille. Il allonge un bras, tâtonne dans le vide pour s'appuyer sur la jeune femme. Anna lui prend l'avant-bras.

– Un instant. Je vais rappeler vos collègues.

Elle conduit Durozier jusqu'au lit en le soutenant. Il la regarde. L'expression de ses yeux est étrange, vide et inquiétante. Il s'agrippe à ses épaules maintenant :

– Non, non, Anna, ne les rappelez pas, venez... Oui, viens, couvre ma poitrine glacée de tes nénés chauds...

Qu'est-ce qu'il lui prend ? Surtout garder son calme : elle va tirer les draps, le pousser dans le lit et courir rattraper les autres flics en bas, en espérant qu'ils seront encore là, avant que la situation ne bascule dans l'irrémédiable. Quelle déception ! Elle n'a vraiment pas de bol avec les hommes. Il avait l'air charmant pourtant, celui-là. Tous des obsédés, ces types !

Elle ouvre la literie d'un geste vif et s'apprête à le pousser dedans avant de filer, quand un nuage de poussière grisâtre s'élève du lit. Des grains plus ou moins fins et de petits bâtonnets qui voltigent en miroitant dans la lumière enveloppent le couple. Durozier et Anna Marie inhalent à présent cette odeur abominable, une odeur de charogne plus ou moins brûlée, de poulet grillé, de soufre qui picote les narines.

La poussière retombe doucement sur le policier et la jeune femme. Ils semblent avoir pris vingt ans de plus avec leurs cheveux devenus gris cendre. Durozier, l'esprit égaré, est définitivement calmé, Anna ne comprend pas encore.

La couverture et le drap du dessus ont glissé au bas du lit. Sur le drap-housse blanc, l'empreinte d'une silhouette féminine paraît dessinée au fer à repasser. Le corps est dénudé, bien fait, athlétique. Il est étendu jusqu'à l'oreiller où se révèle, dans le prolongement du buste, le dessin ovale d'un visage, saisi de face par le même trait brunâtre. Cette tête n'a pas de chevelure. Ses yeux sont fermés. La femme a l'air paisible, comme endormie. À hauteur du sein gauche, une tache plus foncée, en forme de main cornue. La main droite tient un rectangle. Anna croit reconnaître Flore. Ou, plus précisément, l'image d'une Flore qui aurait subi une autocombustion implosive, ne laissant que l'empreinte de son corps et de son téléphone mobile sur les draps blancs. Ces marques de brûlure semblent figurer tout ce qui reste de Flore Marie, comme entièrement consumée entre ses draps.

Anna hurle. Durozier s'effondre. Faidherbe et Claudia, qui s'apprêtaient à sortir de la maison, se précipitent à l'étage. La sœur de Flore est tombée à genoux au pied du lit, en état de choc. Durozier est allongé sur le ventre, en travers des draps, inconscient.

Anna gémit :

– Oh, mon Dieu, faites quelque chose !

Faidherbe hurle à l'adresse de Durozier :

– Mais qu'est-ce que tu as fait à cette fille, imbécile ?

Il prend son collègue par le col de sa veste, le secoue et le relève de force. Durozier s'effondre sur le plancher. Faidherbe sent une forte odeur de brûlé. Il regarde le drap, interdit.

À son tour, il découvre l'image d'une silhouette humaine. Ce qu'il vient de faire est une immense bourde. Voilà peut-être un élément important pour comprendre la disparition de Flore et cette scène de panique collective a tout salopé. Il roule en boule les draps marqués de brûlures et décide de les emporter. Il se tourne vers sa collègue italienne :

– Je ne pouvais pas savoir… Maintenant… *alea jacta est*[1].

Claudia intervient :

– Tu devrais appeler une ambulance.

Dans la voiture qui les ramène au Havre, derrière le Samu, Faidherbe est silencieux ; il paraît fâché. Comme

1. Le sort en est jeté.

Claudia Da Ponte s'étonne prudemment de son initiative de saisie du drap, le commandant rétorque crânement :

– Je sais que ce n'est pas réglementaire, mais je voudrais comprendre l'origine de ces traces.

CHAPITRE 18

Audience orageuse

– Quelles foutaises vous me chantez là ? tonitrue Nizar Khencheli. Tout ce que je vois, c'est que j'ai un homme de moins dans la brigade parce que Durozier fait un tour au service neurologique de Monod. Et pourquoi ? Parce que ce monsieur, à mon insu, mais couvert par vous, dans mon dos, fait une enquête particulière, personnelle, qui regarde tout au plus la gendarmerie de Pont-Audemer. Une enquête qui n'avait pas lieu d'être. Une disparition d'adulte, pas de quoi s'affoler.

Faidherbe fait la mimique de vouloir placer un mot. En vain. Son suppléant et supérieur à la brigade du Havre est furieusement déchaîné.

– Fermez-la. Laissez-moi parler, Faidherbe. J'en ai marre de vos manières. Il n'y a pas de corps, pas de mort donc, par conséquent cela ne nous regarde pas et aucune instance judiciaire ne vous a demandé de mettre le nez dans cette affaire. Et je ne parle pas de Durozier, qui ne perd rien pour attendre.

Le petit bonhomme sec pivote sur lui-même et se tourne vers la fenêtre.

– Ironie de l'histoire, voilà que les gendarmes, alarmés par votre bazar, lancent leurs investigations et retrouvent en dix minutes la voiture de la présumée disparue. Dans la boîte à gants, ses papiers, dans le coffre, des boîtes de chaussures et son ordinateur portable. Où ? Tout simplement chez un concessionnaire de la zone industrielle ! En révision avec un retard de livraison de pièce à cause des fêtes. Et la prétendue disparue a déclaré au garagiste qu'elle était en congé. Fin de l'enquête. En dix minutes, alors que Durozier n'y a même pas pensé. Nous passons pour des charlots. Des charlots, Faidherbe !

Il s'est retourné pour répéter l'ignominie, qu'elle pénètre bien dans l'esprit de ce jeune écervelé. Il inspire profondément, il n'a pas fini.

– Et tout ce que vous trouvez à me dire, c'est que Durozier s'est laissé impressionner par une statue et a inhalé des cendres. Je rêve… ou vous vous foutez de moi ? Et vous avez laissé faire ça en présence d'une collègue italienne, envoyée par Interpol. L'Europe entière va rire de nous. D'ailleurs, où est-elle, Lollobrigida ?

La question permet à Nizar Khencheli de reprendre son souffle. Il dénoue partiellement sa cravate et ouvre la fenêtre. L'air est iodé, les mouettes crient : la mer n'est pas si loin. Effet calmant. Le commandant s'apaise un instant. Ce soir, il ira lancer rageusement quelques galets dans l'eau, à Sainte-Adresse. Pour l'instant il revient à l'attaque en pointant un index accusateur vers son collègue encore jeune et inexpérimenté :

– J'ai su que vous aviez eu le culot de demander à Pastille, au labo, d'analyser des draps relevés au domicile de la disparue de Pont-Audemer. Oui. Vous alliez lui déposer des draps de lit ignifugés, m'a précisé Pastille ! Mais qu'est-ce que vous cherchez ? Heureusement que ce nigaud m'a vendu la mèche.

Khencheli est d'habitude avare de gestes, cependant à cet instant il a levé les bras au ciel, plus exactement au plafond et Faidherbe se demande si son chef ne répète pas devant lui une scène, un morceau d'éloquence avec effets de manches, qu'il jouera devant le préfet ou un magistrat supérieur.

– Vous m'entendez, Faidherbe, je vous interdis d'utiliser les moyens de l'État pour élucider, en hors-la-loi, une vulgaire affaire de coucherie, même pas digne d'un vaudeville de boulevard. Si vous vouliez être définitivement rayé des cadres de la police, vous ne vous y prendriez pas autrement. Que croyez-vous, que j'écrirai dans mon rapport après votre stage probatoire de réinsertion professionnelle : « Le commandant Georges Faidherbe est convaincu que la disparue a fondu dans ses draps, qu'elle a marqués de son empreinte par des moyens et pour des raisons également mystérieuses, sinon surnaturelles » ? Au secours, Clemenceau ! La police française est devenue superstitieuse au XXIe siècle ! Ne me dites pas que vous avez pris des cours accélérés de parapsychologie à l'université de Toulouse et suivi un stage de magie noire à Loudun ! « Agent Mulder, sortez de votre tombe et élucidez-moi toutes les affaires classées. » Vous vous croyez dans la série *X-Files*, mon petit !

Faidherbe a un geste de dénégation : il n'a jamais regardé cette série, ou il ne s'en souvient plus.

Khencheli se radoucit un instant :

– Et le mannequin italien ? Vous ne m'avez toujours pas répondu : vous l'avez remisée où, celle-là ?

– Je l'ai accompagnée au train de Paris, hier en fin d'après-midi. Elle avait un avion dans la soirée pour Venise.

– Bon débarras, je n'aime pas qu'on tourne autour de mon os. Si j'ai bien compris, elle sait qui ils sont et vous, vous n'êtes pas fichu de me dire pourquoi ils sont morts et si on les a poussés ou si l'homme a jeté sa femme dans le vide avant de tomber lui-même, peut-être par accident... Rien, quoi ! Vous avez les résultats du labo, ADN et tout le toutim ?

– J'ai reçu les premiers à l'instant, marmonne Faidherbe, encore étourdi par le cyclone verbal de l'engueulade.

Il regarde ses chaussures, penaud parce que, toute réflexion faite, ce qu'il a exposé à son patron lui paraît soudain saugrenu et ridiculement absurde, tiré de son contexte. Puis il lève un regard rieur vers Khencheli que cela exaspère :

– Je crois cependant que j'ai une petite idée.

Son interlocuteur revient à son bureau et, face à lui, exhale un grand soupir. Ironique ou sincère ? Qui peut savoir ? Le menton en avant, les lèvres découvrant les dents pour mordre ou sourire :

– À la bonne heure. Eh bien, faites-la grandir, votre idée, et *presto*. J'ai déjà eu des appels du ministère de l'Intérieur et des Affaires étrangères. C'est ça quand on enquête sur des gens de la haute ! Car ils sont bien de la haute société italienne ?

– Un marquis et une marquise vénitiens.

– Ah, il ne manquait plus que ça ! On se croirait dans *Tintin*. Coke en stock, vous connaissez, bien sûr ? Le yacht du marquis de Gorgonzola, vous voyez un peu le genre. Ajoutez-y un peu de bunga bunga, une dose de berlusconade et nous voilà dans l'ambiance !

Faidherbe cherche encore dans les méandres de sa mémoire : *Tintin*..., oui, il en a lu deux ou trois, pas celui-là. Il aime bien le petit clebs blanc. Mais il préfère, et de loin, *Game Over*, dont il a dévoré l'intégrale plusieurs fois, entre deux manuels de droit.

Nizar Khencheli reprend. L'air rêveur, il soliloque en pivotant de droite à gauche sur son fauteuil de bureau :

– Enfin, on le sait bien, ces gens de la haute ne nous fréquentent que quand ils sont trop morts pour être obligés de nous saluer. Et voilà qu'ici, chez nous, deux amateurs à particule se penchent en plein vol pour bricoler leur montgolfière et se pètent la gueule sur le petit peuple, et que devrait-on faire, nous, fonctionnaires français serviles ? Courir dans tous les sens, avec Interpol aux basques, pour enjoliver un bête accident de ballon en chute romantique ! Parce que c'est ça qu'ils attendent, hein, les *people* italiens et leurs *veline* tout droit sorties de la RAI, cette Claudie Dupont, là, qui leur tient lieu d'officier de police. On veut du drame, mais du beau drame ! Alors, on maquille outrageusement les imprudences de cons illustres en exploits héroïques. Qui en catamaran en plein Atlantique : paf dans un chalutier ! qui en bolide au Dakar d'Amérique, paf dans un indigène ! Et maintenant en montgolfière en Normandie : paf sur une caravane anglaise ! Mais attention, c'est jamais de leur faute !

Dès lors que Khencheli a eu l'occasion de se soulager d'un excès de bile, il se sent disposé à prêter une oreille attentive aux propos de son stagiaire.

– Bon, finissons-en, Georges, ces résultats du labo, vous disiez ?

Le divisionnaire tapote son bureau d'un stylo en plaqué or chinois, signe que l'entretien va se terminer. Faidherbe doit abattre son jeu maintenant. Il va prudemment donner les résultats par étapes :

– La nacelle, on a le relevé des traces.

– Les traces, oui, je m'en souviens. Une espèce de bave, hein ? Et alors ? Vous me faites saliver d'impatience, Faidherbe ! Je crains le pire, dans quel registre allez-vous donner à présent ? Le fantastique encore, avec une limace géante ?

– Je vais tenter d'être rationnel, chef… On a retrouvé en tout, pas deux, mais quatre ADN différents dans la nacelle passée au peigne fin. Façon de parler, car il n'y avait pas de cheveux ou presque.

– Quatre ? C'était un transport en commun votre engin volant ou quoi ?

– On a relevé la présence de deux individus sans lien génétique, les renseignements venus d'Italie nous confirmeront que ce sont bien nos Italiens, comme je le crois. Un troisième individu, celui qui a bavé, a un ADN encore indéterminé à cause de souillures, sans doute provoquées par le bois du panier.

Faidherbe se garde bien de préciser l'ampleur de la bizarrerie : l'ADN du baveux est contaminé par des éléments intrus, c'est vrai, mais selon Vichy, ces éléments sont des gènes de pommier et non de saule, le bois dont on fait les nacelles d'aérostats. Autrement dit, l'être en question est une chimère. En grande partie humain, un peu végétal. Le divisionnaire ne supporterait pas ce surplus de mystère.

– Alors qui ? Père ? Mère ? Frère ? Sœur ? demande Khencheli.

– Enfant. L'expertise l'a montré : c'est un nourrisson qui a régurgité du lait.

– Nourrisson ? Qu'est-ce que c'est que cette histoire ? D'où il est sorti celui-là si l'Italienne n'était pas enceinte ?

– Nous ne le savons pas jusqu'à présent. On attend encore des résultats.

– Et où est-il passé maintenant, ce môme ? Par-dessus bord comme les autres ?

– Possible, mais pas certain. Parce qu'il y a aussi le quatrième…

– Quoi, le quatrième ?

– Le quatrième a laissé quelques cheveux dans l'osier du panier et de la sueur sur le rebord. C'est le seul des quatre présent dans nos fichiers, à cause d'une histoire d'enlèvement et de mutilation dont il a été victime[1].

– Continuez.

– C'est le journaliste Hugues Lalouette.

– Ha !… Dieu transforme cet oiseau de malheur en pourceau muet !

---

1. Cf. *Un havre de paix éternelle*, *op. cit.*

La tête de Khencheli s'effondre sur sa poitrine, comme foudroyée. Le commissaire divisionnaire reste un instant silencieux, les yeux clos. Il redresse enfin une face de chien battu :

– Faidherbe, nom de Dieu ! vous ne pouviez pas me le dire avant ?

Vaincu par cette information, Nizar Khencheli donne à son subordonné ses consignes, la voix lasse :

– Retrouvez vite cet enfoiré et, de grâce, n'ébruitez rien pour l'instant, ni en France ni en Italie. Et faites tout pour retrouver l'enfant qui était dans ce panier. Passez voir Durozier avec Chouchen. Assurez-le de mon soutien, et tout le blabla… Je n'ai pas le temps de me déplacer moi-même. Je fais patienter les hautes sphères, préfet et ambassade. Voyez aussi si vous ne pouvez pas le sortir de l'hôpital *illico*. On ne gagne rien à s'écouter, il faut se secouer. Le boulot ne manque pas ici or il n'y a rien de plus reconstituant que le travail. Vous en savez quelque chose, n'est-ce pas, Georges ? Allez, faites donc, mon grand.

Le fauteuil pivote et présente à Faidherbe son dos en similicuir. Sous son air sec et bourru, Nizar Khencheli cache peut-être une sensibilité fine et généreuse.

Le commandant stagiaire sort en reculant de la pièce comme s'il quittait un monarque.

Faidherbe va faire suivre le dossier ADN en priorité. Pour autant, il n'oublie pas le linceul de Flore Marie. Il portera les draps lui-même au laboratoire, malgré le refus de son supérieur. Il a besoin d'un avis d'expert sur cette énigme de la femme photocopiée qui l'intrigue doublement. Car à l'image inexplicable, il faut ajouter la présence d'une statuette de Godett dans la chambre. La coïncidence l'a fait sourire sur le coup, maintenant elle le trouble.

CHAPITRE 19

Dans de beaux draps

Fixé devant son écran, une gaufre à la main, Lebru regarde avec compassion Faidherbe approcher. Comme la belle Italienne est partie, le coq en lui s'est tu et a laissé place au poulet solidaire. Toutefois, le jeune commandant ne paraît guère affecté par les réprimandes de son supérieur.

– Louis, j'ai besoin de tes talents.

Lebru mord dans sa gaufre d'un coup de dents interrogateur.

– Surfe sur les réseaux sociaux italiens et trouve-moi l'original de ça, avec l'indication de la mère.

Ce disant, le commandant tend son iPhone qui affiche l'échographie du bébé qu'aurait attendu la marquise Angelina Toromonta Di Ferie.

Lebru manque de s'étouffer.

– Je jacte pas le macaroni, moi ! Et de plus, comment veux-tu que je distingue un mioche d'un autre lardon ?

– C'est pourtant simple, je ne te demande qu'un miracle. Demande à Vichy qu'il te bidouille un logiciel *ad hoc* à partir de celui qu'on utilise pour la reconnaissance des empreintes digitales. Le bébé aurait 7 mois, m'a dit Claudia, et l'écho produite a été faite à 2 mois, ça nous met aux alentours du 20 novembre.

Dans un soupir, Lebru envoie presque un kilo de sucre glace sur sa chemise et son clavier.

– Un miracle ? Ça change tout, on ne refuse pas un miracle et puis, si Pastille me donne un coup de main…

Sans un mot de plus, le lieutenant entame une toccata et fugue sur le clavier de son ordinateur.

En passant devant le bureau de Fésol et Chouchen, Faidherbe cueille la jeune femme au passage et lance à Fésol :

– Si tu as une minute, tu peux me trouver l'adresse de Lalouette à Pont-Audemer, lui passer un coup de fil et l'inviter à venir nous voir ; nous avons des infos pour lui… je rigole, c'est pour l'appâter.

Cependant, comme ils sortent de l'hôtel de police, il regarde ostensiblement sa montre et arrête sa collègue :

– Vas-y seule, à l'hosto. Embrasse Béné pour nous tous… Sur le chemin, passe au labo donner ça. Durozier me l'a mis dans la poche avant d'être embarqué par l'ambulance.

Il sort de sa veste un sachet en plastique transparent. À l'intérieur, la jeune femme distingue un chausson de bébé en laine.

À l'air intrigué de Chouchen, Faidherbe se sent obligé de donner des explications.

– Une intuition à vérifier. Si le chausson a été porté par un bébé, je voudrais son ADN. Tout de suite, une urgence.

– Pourquoi tu n'y vas pas toi-même, au labo, si tu es si pressé ? demande Chouchen, contrariée qu'il ne l'accompagne pas réconforter leur collègue hospitalisé.

– Ma nièce Anastasie arrive de Paris au train de 11 heures. Je vais la prendre à la gare. Le temps de la déposer à l'appart, de manger un morceau avec elle et je serai à la brigade dans l'après-midi. Ça va ?

La policière fait la moue, mais part seule sans protester, le chausson minuscule à la main.

Quand Faidherbe arrive à la gare, il a pris du retard à cause d'un accident qui a impliqué un piéton, un scooter, une automobile et le tramway. Il est obligé de se garer en double file dans le parking latéral au bâtiment de la SNCF, sort comme une fusée de son Alpine Berlinette de collection et s'engouffre dans le hall, où il est cueilli à la volée par sa nièce Anastasie, dite Ziza, 18 ans, qui se plaque contre lui comme une sangsue et lui donne un baiser à pleine bouche avec la langue.

– Mais enfin, Ziza, faut pas ! se récrie Faidherbe. C'est mal… tu sais bien, je suis ton oncle, quand même !

– Mon oncle adoré, complète la jeune fille en riant et en le prenant par le bras.

Des yeux, il cherche son bagage à terre. En vain.

– Pas de valise, princesse ?

À voir son allure, la princesse a quitté son palais rose bonbon pour aller s'installer chez Tim Burton.

– Non, mon sac à main seulement. Je ne reste qu'une nuit, mais quelle nuit ! Tu auras droit au feu d'artifice, c'est décidé. J'avais besoin d'une bouffée d'oxygène. Je suis débordée, à cause des exams, mais je m'octroie un break torride avec toi. *Because* ça décompresse.

– Pas mal ton nouveau look. Gothique, c'est ça ?

– D'inspiration. Et toi ?

Elle le tient à distance pour mieux le regarder.

– Ouais ! Tu fais des progrès, jeans, polo Fred Perry, pas mal. Bientôt les Doc Martens ?

Dans l'Alpine, elle se jette à plusieurs reprises sur lui. La voiture louvoie et fait des écarts comme s'il voulait éviter un obstacle extérieur. L'oncle se débat. Heureusement le quai de Southampton est assez large avec ses quatre voies et la circulation est fluide ce matin. Ensuite sur les boulevards Kennedy et Clemenceau, l'Alpine risque la collision avec un véhicule en face et manque de percuter une des voitures garées en continu, le long du trottoir. C'est perturbant pour un récent conducteur.

Faidherbe ne s'attendait pas à cet excès de passion. Pourtant les messages de plus en plus chauds qu'il recevait de sa nièce ces derniers temps auraient dû lui mettre la puce à l'oreille. Sa raison proteste. D'un autre côté sa jeunesse physique et la présence encore récente de Claudia Da Ponte l'ont transformé en cocotte-minute amoureuse proche de l'explosion. Anastasie, elle, a tous les charmes pour troubler le pseudo-adolescent qu'il est devenu avec juste ce qu'il faut d'accessoires gothiques en piercings parsemés sur une peau de lait, et des cheveux longs, noirs aux reflets bleu électrique. Un tee-shirt, échancré de partout, laisse entrevoir deux rondeurs étourdissantes, buste parfait posé sur une minijupe et des bas résille habilement déchirés. Les senteurs de son parfum affolant achèvent de lui donner le vertige.

Faidherbe n'a que peu de souvenirs de son existence antérieure, d'avant sa grande régression. Pour l'état civil, il est toujours un oncle quinquagénaire, le frère de la mère de cette jeune fille. Intérieurement et physiquement, il est devenu un homme nouveau, à l'aspect et la vigueur d'un jeune homme de 18 ans bien développé pour son âge et d'une maturité précoce. Seules des arcades sourcilières légèrement prononcées et un menton un poil prognathe pourraient rappeler son aspect pas si lointain d'enfant australopithèque. Anastasie l'a vu dans tous ses états précédents, elle les a manifestement oubliés et ne pense à lui qu'au présent, comme un objet de passion consommable immédiatement. Il ne manquerait plus qu'il tombe dingue d'elle à son tour. En fait, il sait qu'il est déjà au bord du précipice, avec une seule envie, faire un pas en avant. Il ne faudra pas le pousser.

Dans l'appartement, il sera au pied du mur : il devra craquer tout de suite ou déclencher une scène de rupture éprouvante pour tous les deux. Il tremble, la main sur la clenche. Mme Ba leur ouvre la porte au même moment, le sauvant du combat contre la tentation :

– Avec les fenêtres grandes ouvertes, j'ai entendu le ronflement de la voiture. Viens que je t'embrasse, ma jolie.

La jeune fille se jette dans les bras dodus de Josette Ba, opulente femme noire proche de la soixantaine. Au début de l'installation du commissaire au Havre, elle a été sa femme de ménage. Lors de son épisode régressif, elle s'est improvisé son infirmière et sa nounou, au grand soulagement de la famille vendéenne de Faidherbe. Celui-ci doit à son tempérament maternel une grande partie de son retour à l'humanité contemporaine. Elle est désormais pour lui une sorte de gouvernante à l'ancienne, plus qu'une femme de ménage.

Faidherbe jette ses clefs au creux d'un gros galet posé sur une commode de l'entrée et va s'avachir sur le canapé du salon, face à la porte-fenêtre qui donne sur la mer.

À peine entrées, les deux femmes sont ressorties sur le balcon, où Mme Ba examine de la tête aux pieds la nièce, avec force compliments gestuels. De l'intérieur, on entend les mouettes ricaner à l'unisson des deux femmes. Faidherbe voit bien leurs mimiques complices. Qu'est-ce que c'est énervant ! Il devrait s'en ficher aussi, et même ça l'arrange. Elle le soulage un instant de sa nièce amoureuse et l'éloigne de ses pulsions coupables. En fait, il est vexé. Il s'attendait bien à être exclu du cercle féminin, sachant la complicité qui unit depuis longtemps Josette Ba à Ziza, mais à ce point…

Pourtant, c'est lui qu'elles regardent à présent derrière la vitre, souriant niaisement, avec un étrange regard ardent. Elles reviennent au salon.

– Dites donc, les enfants, c'est pas le tout ça, mais j'ai du travail, moi !

Anastasie vient se coller à Faidherbe sur le canapé en repliant ses jambes contre les siennes. Ses genoux nus qui percent des collants viennent se frotter à la cuisse du jeune homme. Elle prend une pomme dans un saladier posé sur la table basse et la croque à pleines dents. Faidherbe essaie de s'écarter. Il est au bout du canapé. Josette Ba monologue en déroulant les dernières nouvelles du Havre, tout en remettant à leur place divers objets que Faidherbe a négligé de ranger. Penchée sous le canapé où elle cherche à atteindre quelque chose, elle se relève et lui tapote la tête avec une revue automobile qui traînait là, maintenant enroulée dans sa main robuste.

– Dites donc, monsieur Georges, et votre chambre. Quel chantier ! Oh là là !

– Qu'est-ce qui se passe, madame Ba ? Ma chambre, eh bien ? Quoi ?

Mme Ba attaque la table dont elle plie en quatre la nappe pour aller la secouer au-dessus de la rue.

– Mais quel bazar ! Quel bazar, cette chambre… Oh là là ! Si tu avais vu ça, Ziza !

Ziza pince les flancs de son oncle.

– Hé ! Ne me dis pas que Josette range aussi ta chambre ?

– Tu rigoles ! Attends, ma chambre, c'est sacré.

Pince-mi, pince-moi. Une vraie gamine. Il lui en ferait bien autant.

Mme Ba poursuit en s'emparant d'une grande bannette vide en plastique.

– J'y ai bien passé une heure ! À tout ranger, tout retrouver de ce qui va ensemble, les chaussettes par exemple, et je ne parle pas de vos cale…

– C'est bon, Josette. J'ai compris, je ferai un effort.

– Mes enfants, je descends à la cave chercher le linge. Je reviens de suite, soyez sages.

La brave femme ne doit même pas penser à mal à cet instant. Pourtant, s'il reste seul avec Ziza, le pire peut arriver, du crime au viol incestueux, ou les deux à la fois. Comme officier de police, il sera bien chargé : trente ans incompressibles.

– Non, attendez, je viens avec vous, s'écrie Faidherbe.

– Vous ? À la cave, avec moi ? Pour quoi faire ?

– Je ne sais pas, je vais vous aider à décrocher le linge ou tenir la lampe torche. S'il vous plaît, Josette.

– Monsieur Georges ! Il y a l'électricité dans les caves de ces immeubles. Allez plutôt préparer un expresso à Ziza avec votre nouvelle machine.

Préparer le café, c'est une idée, ça lui passera les nerfs et lui occupera les mains. Mme Ba sort.

Il se lève et se dirige vers la cuisine. Avec Ziza, ils parlent tous deux de choses et d'autres, elle de sa vie d'étudiante en archéologie à Paris, lui de son retour aux affaires criminelles. Ziza l'écoute en rehaussant le khôl de ses paupières. Faidherbe engage une deuxième capsule de *decaffeinato* dans l'appareil, pour lui, quand son portable, abandonné sur le coussin du canapé, sonne. Il se précipite. Sa nièce le saisit vivement, se met à genoux sur le canapé, cache l'appareil derrière son dos, avançant vers lui ses lèvres purpurines, les yeux clos. Pas le choix : Faidherbe se jette sur le corps de la jeune fille, aussi fin que ferme, qui se recroqueville en gigotant comme une anguille sous ses mains baladeuses. Ziza hurle de rire sous les chatouilles. Heureusement, le portable sonne toujours. C'est excitant mais pénible à force ce genre de petit jeu. *Ras le bol des amourettes adolescentes,* pense Faidherbe. Si c'était Claudia ? Vite. Répondre avant que le répondeur ne se déclenche. Claudia !

– Aïe ! Mais t'es con !

La gifle n'était pas si forte, une petite tape tout au plus, Anastasie exagère. Sans même regarder le numéro, il répond au téléphone :

– Si ?

Au bout, c'est une voix masculine à l'accent havrais prononcé.

– Lebru ? Qu'est-ce qui se passe ?

– Vous avez gagné un voyage en fin de semaine, c'est tout chaud, ça vient d'arriver.

– Où ça ?

– À Venise, demain, pour escorter les corps du couple des Toromachin et accessoirement assister aux obsèques. Il faut un flic français pour le transfert des cadavres, c'est la loi. Je peux pas, rapport aux voyages qui me rendent malade. Durozier est aviophobe et hospitalisé, Chouchen ne connaît que le breton question langue étrangère. Alors le grand mufti local a pensé à vous… parce que non seulement vous parlez bien le macaroni, mais m'est avis aussi qu'il a envie que vous preniez du large. Il hésite encore. On manque pas de volontaires. Vous pensez, Venise, même encadré par deux macchabées, ça le fait. C'est pour ça que j'ai voulu vous prévenir, mais si je dérange…

– T'es un vrai copain, Lebru. Je pars. Occupe-toi de passer le mot à tout le monde, je ne veux pas qu'on me grille. Merci, Lebru. Merci encore. Autre chose, notre affaire avance ?

– N'en demandez pas trop au faiseur de miracles. Il me faudra plus de deux heures.

Faidherbe coupe la communication. Puis il plonge sur Ziza qui boudait au bout du canapé et l'embrasse sur la bouche goulûment, longuement. Elle manque de s'étouffer. Il est fou, il est amoureux de Claudia Da Ponte maintenant, c'est sûr.

Entre-temps, Mme Ba est remontée de la cave avec sa bannette pleine de linge. Elle est plantée devant le jeune couple, le souffle coupé. Ces deux-là sont dérangés. Elle mettra bon ordre à cette monstruosité. Elle n'en a pas le temps tout de suite.

L'esprit du jeune homme plane à sept mille pieds du sol, dans un avion en ligne directe pour Venise. Il n'a pas clairement conscience de l'expression bouleversée de Ziza après ce baiser de feu où elle a cru perdre la moitié du visage. Il lui donne les traits de la belle Italienne.

Soudain Faidherbe redescend brutalement de son ciel vénitien. Au sommet de la pile dans la bannette, deux draps blancs. Ces draps, il les avait posés sur son lit au retour de Pont-Audemer, en attendant de les confier au labo dès cet après-midi. La silhouette de la malheureuse Flore Marie reposait pulvérisée et très nettement dessinée sur celui de dessous, plus vaguement sur celui de dessus.

– Les draps ! Qu'est-ce que vous avez fait aux draps, Josette ?

Finie, l'ivresse amoureuse. Une pièce de son puzzle en construction autour de l'affaire de la disparue de Pont-Audemer vient de fondre dans la lessive.

– Parlons-en ! Et d'abord d'où ils sortaient, ces draps ? s'exclame Josette Ba dans un beau crescendo. Je ne les connaissais pas. C'est un cadeau ? Pas du propre, en tout cas. Tous les vôtres sont en couleur. C'est moi qui les achète. Que diable avez-vous fait là-dedans, monsieur Georges ? Ils m'ont donné un mal de chien avec leurs grosses taches marron. On aurait cru qu'ils étaient brûlés. Heureusement, du superficiel ; j'ai quand même dû les relaver trois fois ! Mais j'ai fini par les ravoir. Plus blanc, ça n'existe pas. Nul ne résiste à Josette Ba.

Inutile de se lamenter et de réprimander la brave femme. Faidherbe n'a plus qu'à s'en prendre à sa propre négligence. Le Grand Mystère, lui, est passé à la machine. Et avec ce lavage à 90°, il faut croire que l'image de Flore Marie a définitivement disparu. *Punto*[1]. Il est libéré de cette hypothèse irrationnelle.

– Je pars bientôt à Venise, annonce soudain Faidherbe. Un enterrement. Il me faut un costume, un très beau. Un Cerruti par exemple. Josette, vous guiderez Anastasie en ville pour m'en procurer un tout à l'heure.

– Mais monsieur Georges, s'exclame Josette Ba, vous n'avez pas les moyens de vous payer un costume pareil, c'est de la folie !

– Louez-le.

– Georges, je ne connais pas tes mensurations, proteste Ziza, dépitée.

– Encore heureux. Prends dans le placard de ma chambre un de mes anciens costumes comme modèle et

1. Point final.

descends de deux tailles. Mais en attendant, j'ai les crocs, on peut entamer le cari poulet qui mijote sur la gazinière ?

Il s'attable aussitôt et, sans attendre que les deux femmes réagissent, il dévore à lui tout seul la moitié du plat. Anastasie chipote, boudeuse. Elle a pris sans aucune gêne l'iPhone de tonton et regarde ses photos.

Soudain elle s'exclame :

– Cool ! Le visuel du deuxième album des Revival Scones, *Born to Hell.* J'avoue, tu m'épates, c'était vraiment pas ta came avant, ce genre de musique.

– Hein ? Montre, bafouille son oncle, la bouche pleine.

C'est la photo de l'échographie du présumé bébé des Toromonta. Georges Faidherbe manque s'étouffer.

– Il date de quand ce disque ?

– Trois, quatre ans. Je dirais quatre, positivement.

Elle emprunte son téléphone portable, cherche sur le site du groupe la reproduction de la pochette et la lui montre. Pas de doute, c'est bien la même photographie. Aussitôt le policier se lève, boit un grand verre d'eau cul sec, s'essuie la bouche.

– Le devoir m'appelle, je retourne au boulot.

Les deux femmes le regardent, dépitées. Avec un sourire charmeur, Georges Faidherbe tire sa révérence sur une invitation.

– Ce soir, je vous régale au restau, toutes les deux. Habillez-vous chouette.

Avant de démarrer, il appelle Fésol.

– Tu as mon renseignement sur le nid de Lalouette ?

– ... Pont-Audemer, rue Jules-Ferry. Il ne répond pas au téléphone.

– C'est bien. Dis à Louis de laisser tomber sa recherche sur l'échographie de l'Italienne, ma nièce l'a bien grillé sur ce coup.

CHAPITRE 20

Bébé grilleur

À Pont-Audemer, Hugues Lalouette niche dans une maison bourgeoise du XIXe en pierre de Caen, dans la rue qui mène à Saint-Germain-Village. Faidherbe sonne à plusieurs reprises, reste devant la porte du journaliste quelques secondes, attentif aux bruits éventuels, par acquit de conscience, puis va sonner chez des voisins. Une porte de la maison voisine à gauche de celle de Lalouette s'ouvre. Le policier recule d'un pas : un veau semble occuper toute la largeur du couloir. L'animal se précipite, tintinnabulant de sa clochette, des filets de bave voltigeant de ses lèvres épaisses. C'est un dogue allemand noir tacheté de blanc, d'au moins un mètre au garrot. Le chien s'arrête et s'assoit sagement aux pieds du commandant.

– N'ayez pas peur, il n'est pas méchant, dit une femme entre deux âges.

Revêtue d'un manteau, une laisse à la main, elle s'apprêtait à promener le molosse.

Faidherbe n'a pas eu peur et l'a vite sentie amicale, cette bête. Le chien paraît sourire et être heureux de sa présence. Le policier s'enquiert de Lalouette en le caressant.

– M. Lalouette ? Il s'est envolé ! répond la femme. D'habitude, s'il part deux ou trois jours, il me prévient et je lui prends son courrier. Là, plus rien.

– Il vous avait parlé d'un projet de voyage ?

– Non. De toute façon, ces derniers jours, on ne le voyait quasiment plus. C'est pas son genre, pourtant. Il restait enfermé chez lui, sauf pour faire des courses chez le boucher, parfois jusqu'à trois fois la journée. Il filait en quatrième vitesse sans même un petit bonjour au passage. Le boucher m'a dit qu'il n'achetait que de la viande hachée. Il se gave de viande, mais il a beaucoup maigri. Vous savez quoi ?

– Non.

– Je pense qu'il fait un régime hyperprotéiné. Mais il en fait trop, il est devenu tout maigre. Ah ! je suis un peu inquiète pour lui, tiens. Et puis, cette nuit, il est parti, comme ça, sans crier gare. À 3 heures, j'ai été réveillée par des claquements de portière – je dors sur la rue – je me suis levée pour voir ce qui se passait…

– Et qu'est-ce qui se passait ?

– J'ai reconnu M. Lalouette à sa démarche bancale. Il faisait des allers-retours de sa maison à sa voiture. Il chargeait des paquets à l'arrière. J'ai allumé la lumière de mon salon et j'ai ouvert la fenêtre pour savoir si tout allait bien. Il m'a vue, mais s'est engouffré dans son bolide et, hop ! ni une ni deux, il a filé dans un rugissement de moteur. Il n'y a que les femmes sur le point d'accoucher pour partir précipitamment comme ça, la nuit, avec des bagages.

– Qu'est-ce que vous en savez ? demande Faidherbe, surpris de la réflexion.

– Je suis sage-femme. Mais M. Lalouette est célibataire lui… sa compagne, c'est sa voiture. Vous la connaissez, sa voiture rouge ? Elle a au moins 50 ans, mon père avait la même quand il était jeune. Allez ! Il ne va pas aller bien loin avec un tacot pareil. Vous êtes un parent ?

Faidherbe sourit, son Alpine a le même âge et tourne comme au premier jour.

– Je suis de la police.

Elle le regarde attentivement en fronçant les sourcils. Il sort sa carte qu'elle examine de près.

– Mince… J'avais donc raison d'être inquiète. J'aurais dû vous prévenir avant.

– Vous n'avez rien à vous reprocher, madame. Vous n'avez pas de clef de son domicile, par hasard ?

– Il m'en avait donné une. Mais il me l'a réclamée l'autre semaine. Sans me donner de raison, d'ailleurs. Ça m'a un peu vexée.

– Il est parti vite, vous m'avez dit ?

– Pfuit ! Comme ça. S'il avait pu décoller…

Faidherbe revient à la porte de la maison du journaliste. Le dogue allemand le suit, tirant sa maîtresse au bout de la laisse. Avec un peu de chance… Faidherbe clenche la poignée. Tout juste : dans sa précipitation, gêné par l'intervention de la voisine, Lalouette n'a pas eu le temps de fermer la porte à clef. Le bougre devait avoir quelque chose à se reprocher. Faidherbe entre. La voisine reste sur le seuil. Son chien tire du cou vers l'intérieur en arrosant de perles de bave le carrelage du couloir. Ici, le policier est accueilli par un autre parfum de cadavre, peu engageant mais sans gravité cette fois-ci. C'est de la viande bovine, celle du boucher sans doute. Faidherbe se retourne vers la voisine :

– Restez là, madame, je vous réquisitionne, vous et votre dogue, pour une éventuelle constatation.

Le policier a besoin d'un témoin de confiance. Il est seul sur ce coup-là et ne veut pas risquer de nouveau les foudres de Khencheli. Son tuteur administratif pourrait le priver de son séjour à Venise au moindre nouveau faux pas.

Faidherbe n'est pas surpris par l'habitat extravagant de Lalouette. Le changement d'adresse n'a pas beaucoup modifié les habitudes de l'excentrique. Le commandant a entendu le capitaine Fésol parler du précédent domicile du journaliste, à Sainte-Adresse, visité lors d'une autre enquête : l'avantage du garçon, c'est qu'il concentre tout son univers autour de sa couche et le reste du domicile est laissé vide. L'inspection est donc rapide. Le carrelage blanc est lacéré de traînées rouges qui partent en étoile de la cheminée.

C'est du sol que vient l'odeur de sang de bœuf. Dans l'entrée, Faidherbe entend le dogue, miraculeusement retenu par sa maîtresse, pédaler des pattes avant sur les pavés, tout excité qu'il est par ces effluves carnés. Il n'y a rien dans le foyer qu'un grand panier à chien, vide. Sous le hamac où dort et pense le journaliste, une longue table en bois se dresse, en léger décalage, permettant de travailler ou de manger en position allongée. De l'autre côté, une étagère est posée à plat, pour atteindre de la couche suspendue les ouvrages, en tendant le bras. Contre les murs, quelques malles de marine servent à ranger les vêtements en vrac.

La voisine a osé rejoindre le policier et le regarde fureter avec une curiosité compréhensible.

– Qu'est-ce que vous cherchez ? demande la dame.

Il ne lui révélera pas qu'il est en quête des vestiges de la présence récente d'un enfant chez le journaliste célibataire.

– Secret de l'instruction, chère madame… ?

– Becquet Éloïse.

– Joli prénom.

La dame sourit, le policier charmeur passe derrière elle et s'approche du panier à chien posé dans la cheminée. Son pourtour est déchiré à coups de griffes ou de crocs. Des peluches et jouets en plastique sont dans le même état. Plusieurs tétines déchirées jonchent le seuil de la cheminée.

Faidherbe se penche vers l'intérieur du panier à chien. Il renifle et reconnaît la même odeur relevée chez Flore Marie. Ici, elle est plus franche et les odeurs sanguines ne la perturbent pas. Cette trace olfactive est bien plus récente. Ça y est. Maintenant il la remet : odeur âcre, lait caillé, la même qu'il a sentie dans le panier du ballon d'Octeville. Faidherbe revient vers l'entrée de la maison.

– Il a des animaux, Lalouette ? Vous lui avez donné des chiots ? demande-t-il à la voisine.

– Ah non, Coco c'est un chien, pas une chienne… Et s'il y avait des nouveaux animaux dans les parages, vous pensez bien que sa truffe les aurait flairés : nos jardins sont mitoyens.

Le policier prend le panier à chien et le montre à la voisine :

– C'est à vous ça ? Je veux dire, à lui ?

Il désigne du menton le colosse bicolore.

– Bah oui ! Qu'est-ce qu'il fiche là, ce panier ? Je l'avais déposé au fond du jardin sous l'appentis pour le mettre à la déchetterie ! C'est son vieux panier. Il est dans un état ! Coco ne l'avait pas mis en charpie comme ça ! Vous dites que M. Lalouette me l'aurait volé ? Ça alors… faut-y que je porte plainte ?

– Laissez tomber, vous allez vous embêter pour rien.

Faidherbe passe la cuisine en revue : vaisselle sale pour une personne dans l'évier, assiette, tasse à café, bol, couverts. Dans le réfrigérateur quasiment vide, une odeur de viande persiste. Le policier ouvre la poubelle : papiers blancs d'emballage de boucher jetés en boules. Dessous, il trouve enfin ce qu'il cherchait, un biberon en verre cassé. Il le prend avec un mouchoir de papier et le passe dans la lumière. Au fond, on distingue nettement des traces rouges. Il glisse l'objet dans sa poche : une analyse de plus à demander à ce brave Vichy. Sur le plan de travail, un robot ménager est installé en mode centrifugeuse. Des traces rouges au fond du verseur.

Les autres nombreuses pièces de la grande maison sont entièrement vides, avec les marques laissées par l'ancien ameublement et des cadres contre la tapisserie passée des murs. Lalouette gaspille l'espace. Le journaliste, neveu d'un écrivain illustre, campe dans la grandeur. Ce scribouillard est un poseur.

Faidherbe revient vers le hamac du journaliste. Il s'y allonge. Rien de tel que d'adopter le point de vue de ceux sur qui l'on enquête pour décrocher des indices. Le voyant dans cette position de l'entrée, la voisine s'inquiète.

– Ça va, monsieur ?

– Pas de souci, madame Becquet, j'ai presque fini.

Faidherbe est allongé sur le dos et regarde au-dessus de lui le plâtre décrépit, avec ses fissures qui le sillonnent comme une immense araignée au plafond. Quelque chose est fêlé dans l'esprit déjà maboul du journaliste, c'est sûr, mais quoi ? Le policier se tourne pour surplomber la table. Aucun papier n'a été laissé. Lalouette n'a pas voulu trahir sa destination. Le départ était précipité mais un minimum organisé pour qu'on ne le piste pas. Et pourtant, le plateau en pin clair du meuble ne manque pas d'intérêt, ainsi vu du dessus, en lumière rasante. Le bois tendre a été incrusté des écritures du journaliste qui, travaillant sans sous-main, a tracé un réseau complexe de lignes superposées, de dessins abstraits, d'animaux, de paysages fantastiques, d'êtres étranges mi-animaux mi-humains, et même de scènes. *On dirait les géoglyphes de Nazca en miniature*, pense Faidherbe. Il sort son mobile et prend des photos panoramiques sous tous les angles. Voilà un travail de transcription qu'il soumettra à la perspicacité de Ziza.

Quand Faidherbe rejoint la voisine dans le hall d'entrée, le molosse renifle à grands bruits un meuble à chaussures. Écartant prudemment le chien, il l'ouvre. À l'intérieur sont posées deux paires de mocassins italiens du même modèle. Sur le plateau du dessous, il découvre un jeu de prothèses personnalisées : l'une sert de garde-manger de campagne avec petit thermos intégré, l'autre de longue-vue. Il y en a forcément une troisième, que porte Lalouette en ce moment même. Comment est-elle customisée celle-là, avec minibar ou kalachnikov intégrés ?

Faidherbe prend un mocassin Bruno Banani, pied droit, pointure 42. L'autre poche de son manteau l'accueille.

Il le déposera au labo. Il faut donner des os à ronger aux techniciens de la Scientifique. Tiens, à propos : il revient au salon et emporte aussi le panier à chien. La voisine le regarde, étonnée. Suivrait-il son affaire de vol, finalement ? Mais c'est lui qui l'interroge encore sur la destination de Lalouette. Elle fait une moue perplexe :

– Allez voir jusqu'à *L'Éveil*, ils vous en diront peut-être plus. C'est à deux pas, à trois cents mètres.

Place Gillain, en face du monument aux morts, dans les locaux de l'hebdomadaire local, on tombe des nues. Le rédacteur en chef le reçoit immédiatement.

– M. Lalouette a demandé deux semaines de congé pour raison personnelle. C'était embarrassant pour nous car il suivait l'affaire que vous savez, mais il était très insistant et paraissait fort préoccupé.

– Pas de projet de reportage en Italie ?

L'homme paraît un instant embarrassé.

– Ça m'étonnerait. Il voyage peu et ne sort pas de Normandie. Au plus loin, il a dû aller jusqu'à Nonancourt et s'arrêter à la frontière du département. Pour cette affaire, jusqu'à présent, il a tout fait d'ici ou de chez lui.

– Il a pourtant un informateur là-bas, je l'ai lu dans le brûlot qui est paru sous sa signature dans *Le Havre-Pressé*, où il étrille sévèrement la police.

– Vous remarquerez que ce n'est pas d'ans *L'Éveil de Pont-Audemer*, hebdomadaire. Lalouette est aussi leur correspondant ici. Tant qu'il me fournit à moi des papiers de qualité, je n'ai rien à y redire. C'est dans nos accords. Mais il faut faire la part des choses, commissaire. La presse a besoin d'un peu de piment pour ouvrir l'appétit d'informations des lecteurs.

– Quand même, il y est allé un peu fort. Ça a déplu chez nous. Beaucoup. Il risque de vous priver d'informations précieuses de notre part maintenant, dommage.

L'homme soupire :

– Vous connaissez la déontologie de la presse, nous ne donnons jamais ni source ni informateur et nous sommes solidaires.

– C'est tout à votre honneur, monsieur… Cependant, nous apprécierions un petit coup de pouce de votre part : appelez-nous immédiatement au cas où Lalouette reviendrait.

Le rédacteur en chef le raccompagne à sa voiture, admire le petit bolide et promet de donner des nouvelles dès qu'il en aura.

Le commandant repart au Havre, finalement satisfait. Il aura toujours du solide à soumettre aux blouses blanches même si cet inventaire à la Prévert ressemble aux objets trouvés sur les plages, après une grande tempête : panier à chien usé jusqu'à la corde, biberon souillé, pied droit d'une chaussure italienne.

Son flair le lui dit : un même être est passé dans la nacelle du ballon d'Octeville, chez Flore Marie et chez Hugues Lalouette. Un nourrisson qu'Hugues Lalouette a enlevé et dissimulé. Ne serait-ce pas un bébé clandestin de Flore Marie ? Que faisait-il alors dans la montgolfière des Italiens ? Plus grave, Faidherbe est inquiet. Ce bébé s'alimente comme un carnassier. Le policier craint maintenant que, des deux, le journaliste soit le plus en danger. Reste à avoir les preuves scientifiques de ses hypothèses. Faidherbe pourra alors lancer une procédure pour rapt à l'encontre du journaliste, et lui sauver peut-être la vie si, comme il le redoute, l'enfant s'avère une sorte de monstre. Il entend déjà l'objection de Khencheli : « Un enlèvement… mais pour quel motif ? »

Un saut au labo pour déposer ses dernières trouvailles et Faidherbe arrive dans des bureaux déserts. Seul le patron est à son poste, les autres sont occupés sur le terrain à des affaires diverses. Il envoie un message à Aelez-Bellig, la conviant au restaurant, quai Féré, en compagnie de Mme Ba et Anastasie avant son départ pour l'Italie.

Georges Faidherbe aime être entouré de femmes, surtout comme celles-là, qui sont aux petits soins avec lui. En attendant de les rejoindre, il remplit un formulaire pour le procureur. À ce point de l'enquête, il a besoin d'une commission rogatoire pour entendre Hugues Lalouette comme témoin et de lancer un avis de recherche. Ensuite il s'attelle sans conviction à diverses tâches administratives que les événements de ces derniers jours lui ont fait repousser.

Le dîner n'est pas un succès, la faute à Anastasie. La jeune fille voit d'un mauvais œil la présence du brigadier Chouchen, en plus de ce chaperon de Josette Ba.

La Bretonne s'est mise sur son trente et un, ravie d'être invitée par son supérieur. Donner des nouvelles de Durozier, auquel il faudra quelques jours, selon le neurologue, pour se remettre de sa sidération, l'a conduite au sujet sinistre de la disparition de Flore Marie.

Ce que lui expose son collègue à ce propos la laisse aussi incrédule que Khencheli.

– Autocombustion ? Tu veux dire qu'elle a pris feu toute seule dans son lit ? Tu rigoles ? Jamais entendu parler !

– Tu devrais lire autre chose que du droit, rétorque Faidherbe. Je te passe le cas du chevalier Polonius Vorstius, à Milan au XVIe siècle, et celui de la comtesse di Brandi de Cesena, au XVIIIe.

– Encore des Italiens ! s'étonne Chouchen, en portant un verre de chianti à ses lèvres.

– Il n'y a pas qu'eux. Au XIXe siècle, on comptait la combustion spontanée au nombre des risques encourus par les alcooliques. Lis *Le Docteur Pascal* de Zola.

La Bretonne repose son verre.

– Une jeune femme sobre, du XXIe siècle, pourrait-elle en être victime ? objecte-t-elle. Dans son sommeil naturel ou sous barbituriques ? J'en doute. Tu m'as dit qu'elle gardait à la main son téléphone portable dans son grand lit comme un doudou. La batterie n'aurait-elle pas pris feu, plutôt ?

– Mais le corps ! Chouchen, le corps, comment expliques-tu la combustion du corps ?

– Je ne sais pas, une mise en scène macabre par un ou des meurtriers.

– Un illusionniste assassin ? ironise Faidherbe. Non, effet de mèche, d'abord le téléphone puis le reste du corps.

– Elle serait restée à brûler sans bouger ? Et les draps ?

– Ignifugés. Ne sont restées que des empreintes.

– Tout ça me semble tiré par les cheveux, impossible, en tout cas difficile à prouver.

Faidherbe n'ose pas révéler à sa collègue qu'une lessive de Mme Ba a fait disparaître l'indice principal.

– Sûr ! mais tu parlais de somnifères, possible qu'elle en consommait. Il y en avait dans son armoire à pharmacie.

– À partir d'un certain âge, toutes les femmes en prennent pour dormir, déclare sarcastiquement Anastasie.

Mme Ba a suivi avec passion la conversation.

– L'autocombustion, comme c'est… poétique, intervient-elle. J'ai toujours dit qu'une femme ne devait boire que de l'eau. La seule fois où j'ai bu un « coquetèle » – elle prononce la deuxième syllabe distinctement – j'ai bien cru qu'on m'incendiait le corps, j'ai même failli en devenir folle[1].

Anastasie ricane, boit son verre de vin cul sec et se ressert aussitôt. Sans égard pour sa nièce amoureuse, Faidherbe a mené la conversation sur le départ de l'éblouissante Claudia Da Ponte. Anastasie, pour le coup, trouve qu'il y a trop de femmes dans la vie de son oncle rajeuni. Elle se souvient de quelques précédentes : Dorothée, Irina, Luna, une certaine Grâce, dont il garde

1. Cf. *Un vélodrame en Normandie*, *op. cit.*

encore la photo dissimulée sous un sous-main. À l'époque, il était vieux, elle était gamine et n'en était pas jalouse. Maintenant les choses ont changé. Cette Claudia semble une vraie menace. La jeune fille suit avec un regard de plus en plus noir et un silence pesant la conversation, relevée par les interventions enthousiastes de Josette Ba. Nullement découragée par ses propres et nombreux déboires conjugaux, celle-ci rêve de marier tout le monde autour d'elle, en premier lieu Georges Faidherbe. Elle l'assaille de questions et finit par déclarer :

– C'est un bon parti, monsieur Georges. Une femme mûre avec une situation, tout à fait ce qu'il vous faut.

– Justement, elle est partie, n'en parlons plus, maugrée Anastasie. En plus, elle n'est pas française, elle est vieille et elle vit en Italie, Josette.

– Et alors, moi non plus je n'étais pas française. Camerounaise. Ça n'empêche pas, l'amour arrange tout. Vieille, dans la trentaine ? Qu'est-ce que vous en pensez, mademoiselle Chouchen ?

– C'est une bombe sous des dehors glacés ! bouffonne Chouchen pour alléger l'ambiance.

– Tout à fait ce qu'il faut alors pour nous le remonter définitivement, notre M. Georges, déclare la femme de ménage super nounou.

M. Georges part d'un grand rire et ses yeux attendris regardent dans le lointain au-delà des vitres du restaurant, au-delà du quai Féré et du bassin, jusqu'à Venise.

Anastasie pose bruyamment sa cuiller sur l'assiette à dessert sans toucher à sa crème brûlée maison.

– Excusez-moi, je ne me sens pas bien, je voudrais rentrer me coucher.

Les deux femmes, qui la connaissent depuis des années, ont deviné la raison de son malaise et la regardent avec compassion. Faidherbe lui-même a compris. Il essaie un peu tard de rattraper la soirée en la mettant en valeur.

– Vraiment ? J'aurais aimé te montrer ça, Ziza, pour que tu me dises ce que tu en penses. Avec tes études d'épigraphies, je me suis dit que tu pourrais m'aider à les déchiffrer.

Il tend son iPhone, où l'image des griffonnages de Lalouette apparaît.

– Mouais, on verra, murmure la jeune fille sans rien promettre, encore boudeuse.

Josette Ba décide de les raccompagner et de dormir à l'appartement. Elle prétexte qu'il est trop tard pour rentrer chez elle, qu'elle a du ménage en retard et de la cuisine à préparer. Elle s'installe dans le grand lit de la chambre d'amis avec Anastasie, du côté de la porte. Elles passent une partie de la nuit à discuter et Mme Ba à raisonner la jeune fille qui finit par sangloter dans ses bras. Anastasie rentrera à Paris dès le lendemain matin.

Pendant ce temps, après une bonne partie en ligne de Bitefight, où il incarne un loup-garou, le policier s'endort, les écouteurs de son iPhone sur les oreilles. Et rêve d'abord très romantiquement que la belle Italienne l'invite à partager sa gondole, ensuite qu'ils chavirent dans la lagune dans l'ardeur de leurs ébats.

Il tombe du lit, lourdement.

CHAPITRE 21

Ardents adieux

Il fait froid, l'hiver s'est attardé. La lagune vénitienne est une étendue grise où se confondent le ciel et l'eau. Un aplat à la Nicolas de Staël. Une brume glaciale poussée par un vent perfide venu des Alpes s'effiloche en rideaux sombres sur les *bricole*, des pieux liés par trois pour baliser les chenaux. Ils sont surmontés par des lumières falotes qui ponctuent l'avancée d'une gondole funéraire.

Georges Faidherbe est assis à côté d'un nautonier patibulaire qui tient le gouvernail, le visage caché sous la capuche immense d'une veste de marine noire. Sans le ronronnement de l'embarcation, ce serait un silence de mort. Et même un silence de mort en stéréo. Aux pieds du policier français sont allongés les deux Toromonta dans leurs bières en bois noir laqué.

Les dépouilles ont été embobinées dans des linceuls. Elles sont rigides et imprégnées de substances puissamment désodorisantes. Les hauts de leurs visages seuls apparents. Les thanatopracteurs ont fait des prodiges pour redonner silhouette humaine à la marquise. Les cercueils ne sont restés exposés ouverts qu'une journée dans le palais familial sur le Grand Canal, placés sur un système de réfrigération. Les Vénitiens sont venus en nombre rendre les derniers hommages au marquis et à la marquise.

Ce matin, après une messe à San Zaccaria, dans le quartier de Castello, derrière San Marco, dont le couvent a accueilli à chaque génération des filles de la famille dès le Moyen Âge et dont les marquis ont été les bienfaiteurs depuis toujours, direction l'île des morts de Venise, San Michele. Ils reposeront dans le caveau familial comme les derniers du nom d'une des plus grandes et anciennes familles vénitiennes.

– Tu ne m'avais pas dit que tu habitais Londres, petite cachottière ! *What a fog*[1]*!*

Claudia Da Ponte est à deux mètres devant lui seulement, debout à la proue du corbillard, mais il ne distingue

1. Quel brouillard !

d'elle qu'une vague silhouette, insaisissable à l'instar de son cœur, vêtue de voiles de brume, comme si elle flottait quelque part entre deux mondes. C'est passablement érotique, tendance David Hamilton gothique même, si elle était nue et n'eût pas plus de 13 ans. De là, la belle ne daigne pas répondre à ce stupide et misérable mortel qui fanfaronne. Venise se cache rarement en cette saison. Peu importe : il ne la mérite pas.

Faidherbe n'a pas été échaudé par l'accueil un peu distant de la *bellissima* Italienne à la descente d'avion. Il sortait vivant de cette épreuve aérienne – cinq tours d'attente au-dessus de la piste – et il comprenait sa réserve. Encadrés de deux macchabées, mitraillés par les objectifs de journalistes dépêchés sur le tarmac, on ne pouvait faire montre d'effusions excessives.

Il poursuit sans tenir compte du silence plombé de sa partenaire. Parler fort le rassure de toute façon :

– … parce que depuis que je suis arrivé, je n'ai pas vu grand-chose de ta plus belle ville du monde. Non, il n'y a pas à dire, je suis passablement déçu.

Une longue masse sombre apparaît à l'horizon. La ligne en crêtes inégales des hauts cyprès surmonte un ruban épais rouge sombre : l'enceinte de l'île enferme ses morts comme dans une prison, Alcatraz *post mortem*. Tout à gauche, un rectangle vertical rompt la monotonie de l'ensemble, c'est le clocher de l'église San Michele in Isola.

On amarre le bateau sous le portail monumental de l'entrée. Le nautonier a disparu. Faidherbe le voit réapparaître sur le quai, accompagnant plusieurs sbires du même acabit vers les cercueils. Le commissaire descend pour rejoindre Claudia. Elle a le visage fermé, la tête légèrement baissée. Ses mains gantées de cuir pourpre sont posées l'une sur l'autre sur un manteau noir boutonné jusqu'au col. Est-ce qu'elle se recueille ? Est-ce qu'elle feint le recueillement ? Est-elle croyante seulement ? Il n'a pas vu de bijou religieux en plongeant son regard indiscret entre ses seins, quand elle était en France. Il ne l'a pas vue non plus se signer lors de la messe d'adieu à San Zaccaria, où l'assistance était nombreuse, un quart média, un quart grand monde pour honorer les leurs, un quart édiles, le reste de curieux. Les Toromonta n'avaient plus de famille proche et fréquentaient surtout un groupe d'amis fidèles d'aérostiers internationaux. Sans héritier direct, la fortune du couple serait divisée entre l'État italien et la parentèle éloignée.

Les cousins lointains ont réservé l'enterrement à San Michele à quelques amis en vue et aux représentants de la cité. Des journalistes accrédités sont présents mais discrets. Des unités de carabiniers surveillent le quai, pour protéger les édiles ou pour bouter hors de l'île les éventuels indésirables.

Les deux cercueils passent devant les policiers, portés par des employés de pompes funèbres aux pieds effacés par la brume. Faidherbe et Da Ponte ferment le cortège, en silence. On franchit l'une des trois portes monumentales en ogives pour pénétrer dans le cimetière. Le cortège traverse ensuite plusieurs enclos. On longe des sépultures modestes, aux pierres tombales de guingois, avec des angelots retenus de la chute par des fils de fer. Au bout d'un long cheminement lugubre, derrière une nouvelle enceinte, on entre dans un jardin de cyprès aux cimes invisibles, quadrilatère parsemé de chapelles monumentales. C'est le carré VIP catholique. Le tombeau des Toromonta s'élève au fond, sévère édifice ocre dont la porte noire est gardée de part et d'autre par deux anges à tête de taureau, en armure et portant épée. Derrière les deux policiers, une quinzaine de personnes vêtues aussi en deuil a constitué un deuxième cortège sans qu'ils s'en aperçoivent. Les gens devaient attendre au détour d'un mur et auront suivi en silence. Qui sont-ils ?

L'intérieur du mausolée est un espace rectangulaire illuminé par des candélabres disposés aux quatre coins.

On marche sur les plaques funéraires ancestrales, sous un plafond en croisée d'ogives. Les murs sont décorés de grandes tentures aux armes de la famille. En se serrant bien, vieilles tantes et jeunes cousins entourent les cercueils imposants posés l'un à côté de l'autre au centre de la pièce, devant un prêtre qui recouvre les couvercles de tissus brodés aux armes des Toromonta. Le reste de l'assistance restera dehors.

Faidherbe espérait une courte bénédiction. Ça commence à sérieusement durer, la barbe !

Heureusement, son portable vibre. Le policier recule contre un mur et sort l'appareil. C'est un message de sa nièce : *Compris une partie des inscriptions. Pour les couches supérieures, les plus récentes, trouvé ces mots : "Pietro Quadrumani, Corte dei Risi, 30124 Venezia / préparer réception / Totomonta ou Taramonta (?) / arrive bientôt avec l'Ange / discrétion absolue", reste illisible, gribouillis, listes de courses, dessins divers (des boucs ?). Du bol qu'il écrive encore des lettres, ton Lalouette. Doit se méfier des traces informatiques. En joint, photo du Quadrumani, prise sur le Net, journaliste à* La Nuova di Venezia, *même âge que toi mais en vieux. LOL. Love. ZIZ.*

Faidherbe s'en doutait, Lalouette est ici avec l'enfant et le policier sait maintenant où trouver le journaliste. Quand il se tourne pour prévenir sa collègue, elle a disparu. Le Français se hausse sur la pointe des pieds, se glisse entre deux ou trois groupes. Rien. Claudia reste invisible. Avec le monde, on ne voit pas loin. Le brouillard cache même une partie de l'assistance et étouffe les sons ronronnants des prières qui proviennent de la chapelle. La jeune femme a probablement rencontré une connaissance. Un homme à ses côtés a levé la tête et remarqué son petit jeu. Faidherbe jette un regard rapide sur l'écran de son portable, l'homme, l'écran, l'homme : Quadrumani, le contact de Lalouette à Venise.

Sortant à l'instant de la chapelle, un autre homme l'a rejoint et semble s'abriter fébrilement du froid et de l'humidité contre son dos : un type plus petit, sans âge mais pas jeune, visage émacié sous une casquette, emmitouflé dans un cache-nez, cernes noirs épais qui lui donnent la mine d'un grand malade. *Bon sang, Hugues Lalouette ratatiné ! Ce qu'il a changé,* pense Faidherbe, *qu'est-ce qui lui arrive ?* Le journaliste vient également de reconnaître le policier. Faidherbe lui fait un petit signe de la main : « Coucou ! » L'autre, d'une pression au bras de son confrère italien lui fait comprendre qu'il faut filer et prend les devants. Faidherbe tente de les suivre, mais se heurte à deux femmes poudrées et maquillées comme des Romaines antiques de Fellini. Bousculade, protestations chuchotées, mais le ton monte vite. Palabres, cris, mains en l'air, esquisses de gifles. Claudia intervient à point :

– *El xe mona, sto Francese*[1] *!*

Comme par miracle, les dames sourient avec urbanité, Faidherbe salue bas. Le calme funèbre est rétabli. Les dames versent une larme, esquissent un sanglot. Le Français tend un mouchoir. Tout est pardonné. Recueillement. C'est alors qu'une sonnerie étouffée de portable résonne, imitation d'un dring du siècle passé.

On cherche l'appareil dans les sacs, on tâte toutes ses poches : – C'est le mien ? *Il mio ?*

– *No !*

– Le vôtre ? *Il suo ?* Quelle impolitesse quand même, enfin ! Dans des circonstances pareilles, on éteint le mobile.

– Ha ? Comment ? C'est dans le cercueil ?

– *No !*

– *Sì ?* L'information remonte la foule. On sourit, on pouffe, on ricane, on est un peu outré quand même, pour

1. Ce Français est un con ! (Parler vénitien)

la forme. La sonnerie s'arrête. Attente, puis un frisson vient glacer l'assemblée : une voix masculine parle de l'intérieur du cercueil, la boîte vocale s'est déclenchée automatiquement. L'appareil est en mode haut-parleur. S'ensuit un message publicitaire anodin pour des portes et fenêtres en PVC au tarif renversant. Oui, les emmerdeurs téléphoniques vous poursuivront donc jusque dans la tombe. Silence troublé de l'assistance. Eh ! *Incredibile!* Ça recommence ! Ça vient du cercueil voisin maintenant, celui de la marquise, alors que de celui de son défunt mari un filet de fumée sombre s'élève en se dandinant et en s'évasant jusqu'au plafond. La suite est ultrarapide : des hurlements jaillissent de la chapelle, la fumée devenue soudain âcre et épaisse pousse dehors les endeuillés qui jaillissent en pagaille, certains léchés par des jets de flammes dignes d'un dragon furieux. Le vieux prêtre dans son surplis serait transformé en torche vivante si les employés des pompes funèbres, n'écoutant que leur courage, l'ayant extrait de l'incendie, ne le roulaient par terre comme un vulgaire tapis.

– Dis-moi, les pompiers..., ils viennent aussi en gondole ? s'inquiète avec sarcasme Georges Faidherbe.

Claudia Da Ponte, consternée devant le sinistre, ne répond pas.

Des flammes immenses sortent maintenant par bouffées ronflantes de la porte grande ouverte du monument. On entend éclater le bois des cercueils et exploser les vitrages. Les taureaux-chevaliers sculptés, qui paraissaient pourtant si impassibles, sont comme saisis d'effroi.

Il n'y a pas eu de victimes heureusement. La grappe paniquée de silhouettes noires a déboulé juste à temps du feu. Les personnes présentes se comptent, s'époussettent et contemplent un peu à l'écart, muettes d'horreur ou de stupéfaction, le brasier où se consument les derniers marquis de Toromonta Di Ferie. La crémation n'était pas prévue. Il se répand à l'entour une douce chaleur accompagnée d'une odeur atroce.

Faidherbe cherche du regard Lalouette et son acolyte vénitien dans l'assistance disposée en demi-cercle autour du monument en feu. Ils ont disparu. En tout cas, ils ne sont pas parmi les journalistes infiltrés malgré la surveillance policière. Ces derniers ont dégainé leurs appareils photo et leur téléphone de sous leurs vêtements de deuil et tirent en rafales d'une main en téléphonant d'une voix aiguë.

Le policier prend le coude de sa collègue italienne.

– Viens, j'ai reconnu une vieille connaissance et son ami italien, courons après eux.

– On ne court pas dans un cimetière, Giorgio.

Alors leurs deux silhouettes noires sur le fond blanc d'une brume persistante se hâtent lentement pour quitter l'île des morts.

CHAPITRE 22

Chasse aux journalistes

Sur une vedette rapide de la police, les deux policiers sont l'un à côté de l'autre maintenant, encore abasourdis par la scène qu'ils viennent de vivre. Ils devinent devant eux les feux arrière de l'embarcation qui emporte Quadrumani et Lalouette vers Venise. La commissaire Da Ponte reprend la parole la première :

– Excuse mon silence, Giorgio. Je suis bouleversée pour les Toromonta. C'était pour moi des Vénitiens estimables, et je ne parle pas de leur fortune. Ils étaient discrets, généreux, différents des personnes de ce milieu surtout. La grande classe par rapport à bien des parvenus qui viennent parader ici. Ils ne méritaient pas de finir comme ça… Les paparazzis vont se régaler. C'est horrible.

À quoi pense-t-elle, à leur décès en montgolfière ou à leur crémation inopinée ? Faidherbe songe à haute voix :

– Être enterré avec son portable, ça rassure… cela me rappelle qu'une vieille Américaine autrefois avait fait installer une ligne téléphonique dans sa tombe. Je suppose que cela se fera de plus en plus, mais de là à se retrouver carbonisé par un simple coup de fil.

– Détrompe-toi, ce n'était pas leurs propres appareils. J'ai assisté à la mise en bière quand tu t'installais à ton hôtel. Des dizaines de téléphones ont été déposés à l'intérieur des cercueils par des admirateurs et amis du couple en ultime hommage. Peut-être les batteries se sont-elles échauffées. Elles auront enflammé le capitonnage et les coussins. Une enquête sur les matériaux s'impose, elle nous sera demandée, c'est sûr.

– En France, autour des lieux de leurs chutes, on n'a encore retrouvé aucune de leurs affaires, et donc pas leurs portables personnels.

– Et pour cause ! L'ironie du sort, c'est que les Toromonta n'ont jamais cédé à la technologie moderne et communiquaient avec leurs amis à Venise par pigeons dressés. C'étaient vraiment des originaux, je les adorais pour ça, comme de nombreux Vénitiens.

– Ils auraient été enterrés avec leurs pigeons, ils ne seraient pas réduits en cendres maintenant, remarque le policier en pensant à Flore Marie, partie elle aussi en fumée de manière suspecte, une carcasse de téléphone dans la main. C'est quand même étrange tout ça, non ?

– Il y a bien des mystères dans l'histoire du couple, avant comme après leur mort.

– Des mystères ? Tu m'en diras tant ! s'exclame le Français.

– Entre autres, la marquise simulait sa grossesse. On a retrouvé dans ses affaires des accessoires de cinéma. À chaque apparition publique ou visite chez eux, son ventre prenait du volume. Mais pourquoi Quadrumani serait-il mêlé à ça ? Et qui est le type que tu as reconnu avec lui ?

– Un journaliste français, Hugues Lalouette. Il était présent avant nous à l'atterrissage du ballon. On croyait que deux individus s'étaient enfuis après son arrivée. C'était un aller-retour de Lalouette vers la nacelle. Le labo m'a confirmé par mail la concordance entre sa chaussure et l'empreinte relevée à Octeville. Lalouette a… enfin, tu verras le moment venu. Disons que c'est une surprise. On arrive.

Les deux hommes qu'ils poursuivent ont pris à gauche de la masse élancée du Campanile. La place Saint-Marc, où le brouillard commence seulement à se dissiper, est quasiment vide, même les pigeons semblent ne pas s'être réveillés ce matin. Les silhouettes fugitives passent avec hâte sous les arcades devant le café *Florian*, ne s'arrêtent pas pour s'y réchauffer d'un capuccino à prix d'or et diffuser la nouvelle aux habitués matinaux, comme on pourrait le penser après une inhumation de cette classe et la froidure ambiante. Les journalistes pressés filent vers la droite dans la grande rue de l'Ascension en direction des *fondamenta* Orseolo.

Dans le Campo Manin, ils ralentissent un peu leur allure – la jambe de Lalouette doit le faire souffrir –, obliquent dans une venelle. La brume n'a pas pénétré l'intérieur de la cité, on y voit clair maintenant. Un panneau indique la direction de la Scala del Bovolo.

– Dans ces ruelles, nous allons les perdre, lâche Claudia, essoufflée par leur train d'enfer. Si nous arrivons à les suivre de plus près, ils vont nous repérer.

Elle s'est arrêtée au niveau de la statue de Daniele Manin, président d'une éphémère république de Venise, en 1848, et s'appuie, lasse, sur une boule de métal. Au-dessus d'elle un lion ailé vert sombre est étendu, la patte négligemment pendante au-dessus d'une marche inférieure du socle de pierre. Claudia sera splendide en mannequin de *Vogue*, exploratrice urbaine en compagnie d'un fauve de bronze. Faidherbe la clichète subrepticement avec son portable à huit millions de pixels puis il lui tend l'écran de son téléphone, lui montrant le nom de la rue du journaliste italien.

– Par hasard, l'adresse de Quadrumani, elle ne serait pas dans ce quartier ?

– Mais si ! C'est à deux pas où sont les escaliers en colimaçon du palais Contarini, Scala del Bovolo, s'exclame Claudia, reprenant son souffle. C'est dans cette direction qu'ils viennent de s'engager. Nous avons de la chance. Avec ça, plus besoin de courir.

Elle fronce les sourcils, incrédule :

– Quadrumani retournerait chez lui après ce qui s'est passé au cimetière ? Ce type a des amis partout dans Venise chez qui se faire oublier un temps s'il le veut. Bizarre, n'est-ce pas ?

– Non, parce que c'est chez lui que Lalouette crèche, je le savais. Et il n'est pas venu seul. Alors, ils ne doivent pas trop tarder pour s'occuper du petit ange, *del angioletto*.

– *Ma quale angioletto*[1] *?* Qu'est-ce que tu racontes ?

– C'est la surprise, la surprise tombée du ciel. Tu comprendras chez Quadrumani. Alors ? Qu'est-ce qu'on fait ? On attend des semaines des commissions rogatoires, des mandats de perquisition ou on y va au culot ?

– Au *culo* ! Comme tu dis.

Claudia n'a pas compris exactement sa dernière expression, mais ça ne fait rien, elle a saisi l'esprit.

– Tu m'as excitée avec ton histoire d'ange, Giorgio.

– J'en suis ravi, ma chère !

– *Andiamo*[2] *!*

---

1. Mais quel angelot ?
2. Allons-y !

Après des tours et des détours où Faidherbe s'étonne à chaque coin de rue de la dimension tentaculaire de la cité, une venelle très étroite, sombre et humide, donne sur une cour qui ne l'est pas moins. Sur la droite, une grille enserre un jardinet carré qui sert d'écrin au petit palais Contarini Minelli del Bovolo, avec ses cinq niveaux d'arches blanches resplendissantes dans l'environnement gris et crasseux. Georges mesure maintenant à quelle beauté supérieure appartient cette ville. Être capable de receler harmonieusement une pure merveille d'architecture dans un cadre si négligé force le respect. Il a honte pour toutes ces villes qui se targuent du titre de « Venise… » sous prétexte que deux ou trois cours d'eau les arrosent.

– Il va falloir monter ça ? demande le Français, désignant une tour d'escalier ouverte, dans le même style qui flanque sur leur gauche les galeries du palais : le fameux escalier en colimaçon compte sept niveaux.

– Dieu merci, non. Quadrumani habite en face.

Devant eux, autour d'une cour, les maisons font moins chic. Hautes et accolées, elles présentent des façades grises et lépreuses.

Une femme sort d'une porte à droite et vide un seau d'eau sur le dallage de pierre. Claudia se renseigne. Ils entrent dans une bâtisse au centre de la cour et montent jusqu'au troisième. La commissaire italienne a sorti sa carte de police.

– Je frappe, quand même.

– Pourquoi ?

– On entre comme ça, sans frapper ?

– Mais je m'en fous, je suis pas chez moi ici. Et si la porte est restée ouverte, pourquoi on s'annoncerait ?

Faidherbe passe devant sa collègue et empoigne la clenche.

CHAPITRE 23

Chat échauffé ne craint plus rien

– Tout s'est bien passé ? demande Lalouette en se précipitant vers une alcôve fermée d'un long rideau rouge, au fond du salon de l'appartement de Pietro Quadrumani.

– *It could have been worse*[1]..., répond d'une voix lasse Mr Smith, le célèbre éducateur anglais, affalé dans un fauteuil du salon. *What about you*[2]*?*

Il fixe d'un regard vide le mur blanc crème du salon, taché au bas d'une grande marque noire. L'Anglais, lui, s'est fait des cheveux blancs et les a tous perdus en quelques jours. Au moins, il a réussi à sauver une moustache en berne qu'il tortille nerveusement.

Lalouette est passé derrière le rideau.

– Parlez moins fort, le cher ange dort.

Il passe son visage décharné à l'extérieur. Il a ôté sa casquette. Il est totalement chauve.

– Ça a été un peu chaud au cimetière. Je n'ai rien compris. Des téléphones ont sonné et tout s'est embrasé. Autant vous dire que les Toromonta sont bel et bien partis en fumée maintenant.

– Des gens si charmants... *What a pity*[3]*!* Vous ne pensez quand même pas que... parce qu'ici ça a été également un peu, comment dire, *hot*[4]...

– Merde. Je ne sais pas de quoi notre chérubin est capable à une telle distance. On n'aurait pas dû s'absenter si longtemps. C'est Pietro aussi qui m'a traîné au cimetière.

1. Cela aurait pu être pire...
2. Et pour vous ?
3. Quel dommage !
4. Brûlant...

Il m'a dit : « Il faut prier pour les Toromonta. Pour le salut de ton âme, Hugues, ou au moins de la leur. » Tu parles de bondieuseries. J'ai jamais su prier d'abord.

Lalouette referme derrière lui le rideau rouge.

Encore vêtu de son manteau, Quadrumani sillonne l'appartement en appelant son chat d'un « psss » de serpent. Le félin se cache depuis l'arrivée de ses hôtes anglais et normands et ne montre le bout de son museau prudemment qu'en présence de son maître, lui-même aussi tourmenté que l'animal. Ce chat, c'est sa raison affolée qui s'agite en tous sens, éperdue, terrorisée depuis que ces étrangers se sont installés dans son domicile vénitien avec le petit être.

– Alors ? Qu'est-ce qu'il a encore fait, notre petit diable ? demande Lalouette, ressorti de derrière le rideau rouge, attendri, souriant d'une bouche édentée.

Le Pr Smith soupire.

– *It's too hard*[1]..., gémit-il de son fauteuil. Il est précoce cet enfant, c'est vrai, *and very clever*[2]..., mais il est très jeune quand même. Et puis, il y a ces actions imprévisibles.

– Vous avez signé un contrat, Smith, lui répond Lalouette, un beau contrat qui vous garantit une belle retraite, et il n'était stipulé nulle part que ce serait facile. Vous l'avez écrit vous-même dans un de vos manuels : « *One child, one education*[3]*!* » Il faut vous adapter, c'est tout.

– *Nuts*[4]*!* tonne Archibald Smith.

– Vous avez vu mon chat ? *Cat?* demande à l'éducateur anglais Quadrumani revenu au salon.

En guise de réponse, le vieil Anglais désigne le mur en face de son fauteuil d'un coup de menton. Et, avec un air de connivence apitoyée, il s'adresse à Lalouette :

1. C'est trop dur !
2. Et très brillant...
3. « À chaque enfant son éducation ! »
4. Des clous !

– *We had a problem with the cat*[1].

Pietro Quadrumani s'approche du mur après avoir chaussé les lunettes d'écaille qui pendouillent en permanence au bout d'un cordon, sur son torse. Il ne comprend pas. Quoi, le mur ? Qu'est-ce que c'est que cette grosse tache noire ? Une fuite d'eau sale ? On dirait un tag. La ville en est déjà défigurée, il ne manquerait plus que les intérieurs soient atteints par cette plaie urbaine. Il s'approche encore, puis prend de la distance comme on contemple une œuvre un peu ésotérique dans une galerie d'art moderne. Sous la tache, sur le sol, il aperçoit une sorte de petit cordon noir tout tordu. Il hésite et le prend du bout des doigts pour l'examiner de plus près. Derrière lui, le vieil Anglais soupire.

Quadrumani reconnaît ce bout de cuir. C'est le collier de Figaro, le chat, tout vrillé comme une vipère qu'on aurait assommée rageusement à coups de pelle.

– *Dov'è Figaro ? Dov'è il mio gatto*[2] *?* demande Quadrumani avec une voix de petit enfant égaré en secouant le collier sous les yeux du vieillard britannique.

Nouveau signe de menton de l'Anglais vers le mur. S'il n'a pas compris, c'est qu'il est vraiment *stupid*, cet Italien, pense Smith. Quadrumani réalise l'insoutenable : la tête penchée, il reconnaît maintenant Figaro décalqué sur le mur, devenu tache de cendres au pochoir, proprement pulvérisé au moment où il devait faire le gros dos, effrayé par cette présence, là, derrière le rideau rouge.

Quadrumani lâche le collier qui retombe par terre et se retourne, horrifié, vers le vieil homme.

– On a ouvert le rideau pour apporter le biberon, intervient Mrs Smith d'une voix lasse, sortie de son refuge en cuisine, en les entendant parler du minou.

---

1. Nous avons eu un problème avec le chat.
2. Où est Figaro ? Où est mon chat ?

– Le chat passait en rasant le mur, il a humé le jus de viande et il a miaulé, *miow* ! *And... Splash* ! Projeté contre le mur, *pussy*, aplati et carbonisé dans le même mouvement. *That's all. Baby's a naughty boy*[1] *!*

Elle agite un biberon rempli d'un reste de soupe rougeâtre. Les yeux verts de la vieille dame ont perdu de leur éclat. Surlignés de cernes noirs épais, ils sont devenus vitreux. Mrs Smith est épuisée. Elle cache sa calvitie récente sous la ziggourat de tissu avachie comme une baudruche crevée qui lui sert de chapeau. La veille au soir, sa chevelure s'est embrasée d'un coup, comme ça, parce que le biberon avait ébouillanté les lèvres du petit.

Quadrumani pousse un grognement de primate blessé en regardant vers l'alcôve, les yeux injectés de sang, il gronde à l'adresse de son confrère, en pointant vers le tissu rouge un doigt vengeur :

– Lalouette... je vous ai accueillis, toi, tes *Inglesi* et le *bambino*. J'ai fait tout ce que tu m'as demandé, exactement. Tu m'as dit « le *bambino*, il est etcheptchionnel, un coup monstrueux... », moi, je n'appelle pas ça « etcheptchionnel » ! *Ma monstruoso*, oui ! Et même c'est *diabolico*, ça, de brûler ainsi mon petit Figaro !

– *Basta* Quadrumani ! répond tranquillement Lalouette, cesse de gémir. Tu seras grassement payé, le jour venu. Et puis, Figaro-ci... Figaro plus là, hein, ce n'est qu'un dommage collatéral. Tu pourras t'en payer, des petits chats noirs, des milliers, ou une meute de chows-chows, tiens ! C'est bien plus classe ! Pense surtout que tu seras le roi de la jet-set en devenant le biographe officiel de ce petit prince. Tu me remercieras à chaudes larmes quand tu seras dans ton jacuzzi bouillonnant, encadré par des *veline* dénudées de la RAI.

---

1. C'est tout. Bébé est un méchant garçon.

Quadrumani déchire avec ses dents sa cravate pour passer sa colère muette.

Les policiers sont entrés dans l'appartement. Personne ne les a entendus. Ils n'ont rien perdu de la dispute entre les deux journalistes. Ils restent un instant dans le hall d'entrée. Faidherbe est saisi de retrouver les Anglais : Pont-Audemer, Honfleur, Venise. Ils sont partout. Pourquoi ?

– Surtout, mesurez votre colère, mister Quadrumani, *keep quiet now... stay cool,* sussure Archibald Smith. *Don't shout, please don't shout!* Concentrez-vous sur ma voix, *my voice, listen to my voice*[1]...

De son fauteuil, le vieil Anglais tente une hypnose d'urgence pour éviter le pire : un déchaînement de violence de l'Italien affolerait le petit et les réduirait tous en cendres en un éclair.

– Le brave petit, un vrai Jésus..., s'extasie Lalouette retourné derrière le rideau au chevet du nourrisson.

Smith tourne la tête, l'air frais venant de l'extérieur a caressé son crâne récemment dénudé, lui aussi. Dans l'encadrement de la porte du salon se tiennent les deux policiers. Claudia Da Ponte exhibe sa carte de police, sans un mot. L'Anglais pose un doigt sur sa bouche et montre de l'autre main le rideau rouge derrière lequel on entend chant et gazouillis : bébé s'est réveillé, surtout, ne pas le fâcher. Faidherbe murmure à sa collègue italienne :

– Il faut tous les embarquer, immédiatement.

– Pas possible, répond-elle doucement, un Italien passe encore, mais arrêter un journaliste français et deux vieux Anglais, sans mandat, sur un soupçon, on m'accuserait d'abus de pouvoir.

– Nom de Dieu, fais quelque chose, insiste le commandant, les dents serrées d'impatience. On ne peut pas laisser ces deux types disparaître dans la nature !

---

1. Restez tranquille maintenant... détendez-vous (...). Ne criez pas, s'il vous plaît (...) ma voix, écoutez ma voix...

Il doit se retenir pour ne pas hausser la voix.

Claudia hésite encore puis, sous le regard insistant du Français, elle bluffe :

– Monsieur Quadrumani, vous vous êtes rendu coupable de complicité d'enlèvement d'enfant, peut-être même de meurtre, et j'en passe. Je vous demande de rester à la disposition de la justice et de ne plus quitter cet appartement, vous et vos amis, jusqu'à nouvel ordre.

Claudia frappe fort avec audace. Du bluff ! Elle n'a aucun document judiciaire. Il faut cependant empêcher les deux hommes de s'éclipser avant que le procureur signe un mandat d'arrestation. Quadrumani a une velléité de résistance :

– Ce n'est pas moi ! Je n'ai rien fait, c'est lui, là, ce démon derrière le rideau ! Il a carbonisé mon petit Figaro !

Faidherbe s'est avancé dans le salon. Il s'est accroupi pour examiner le bas du mur. Il regarde le collier du chat, tordu mais intact. Il lui rappelle la ceinture du marquis de Toromonta retrouvée autour de son corps meurtri, à Honfleur. Le cuir italien est d'une sacrée qualité : il résiste au phénomène d'un souffle destructeur qui semble devenu de plus en plus incendiaire. Le commissaire passe un doigt sur le mur : le chat a été réduit en une poudre fine projetée sur la paroi, plus carbonisée encore que celle retrouvée dans les draps de Flore Marie. Même odeur de brûlé cependant. Il se relève. Qu'est-ce qui a provoqué ça et comment ? Il se tourne vers Archibald Smith toujours dans son fauteuil :

– Qu'est-ce que vous faites ici ?

Sa femme s'interpose :

– Nous sommes venus éduquer l'enfant à la demande de ses parents. Nous les avons ratés de peu en Normandie, hélas, comme vous savez. Le marquis et la marquise étaient des gens charmants, nous sommes très navrés pour eux. Heureusement, Mr Lalouette nous a assuré que notre contrat restait valable. Nous voici donc à Venise, tout naturellement.

– Qu'est-ce que c'est que cet enfant ? demande le Français, qui en sait plus qu'il ne veut le leur montrer.

– Un garçon. Très possessif, répond l'Anglais. Très coléreux. *And a jalous guy, damned*[1]*!* Il n'y a que Mr Lalouette pour le tenir *quiet*… Il ne faut pas qu'il s'éloigne trop loin sinon le *kid* devient rouge de colère, retient sa respiration. Et alors… Il a raison, Mr Quadrumani, c'est un *baby* pas facile. *A naughty boy! A satanic baby*[2]*!*

Faidherbe se retourne vers sa collègue. Trop tard, il n'a pas eu le temps de l'arrêter, elle a déjà pénétré dans l'antre du bambin.

CHAPITRE 24

Moïse sauvé des airs

Claudia Da Ponte s'est glissée derrière le rideau. Dans un coin de l'alcôve s'est retranché Lalouette qui s'est fait silencieux, espérant sottement échapper à la vigilance des policiers dont il a entendu les voix. Ignorant le plumitif poltron, l'Italienne se penche au-dessus d'une nacelle en osier, accrochée au plafond à un mètre cinquante du sol. En le balançant doucement, elle répond aux risettes d'un nourrisson à l'air bien dégourdi pour un bébé de quelques semaines. C'est une figure de chérubin magnifique, comme les représentations peintes à la Renaissance par Raffaello, avec ses cheveux blonds abondants qui s'étoilent en torsades légères. L'enfant la

1. Et très jaloux !
2. Un méchant garçon ! Un bébé diabolique !

regarde avec un air d'innocence butée et un petit sourire en coin. La jeune femme ne peut pas s'empêcher de le prendre dans ses bras. Les gens qui s'en occupent, tous âgés, l'ont emmailloté, serré comme un poupard d'autrefois.

– *Sai che sei bello*[1] ? lui répète-t-elle en le collant contre sa poitrine.

A-t-elle rêvé ou quoi ? Il lui semble avoir entendu une voix gutturale faire vibrer entre ses seins un « *Anche tu, baby*[2] ». Elle repose délicatement le bébé dans son berceau, en se reprochant intérieurement son geste d'intimité. Il lui adresse encore un sourire à tomber. Un tourbillon de désirs puissants, refoulés, vient de jaillir à sa conscience et troubler sa raison : le désir d'homme, d'enfant, de plaire, d'être aimée, d'être mère lui ferait-il entendre des voix ? *Garde la tête froide, c'est grave, ma fille,* se dit la commissaire. *Il va falloir consulter.*

Pendant cette contemplation, Lalouette s'est esquivé de l'autre côté du rideau. Faidherbe, rassuré par le contact pacifique entre Claudia et l'enfant, le cueille d'une poigne vigoureuse. Il le soulève par le col de son pardessus et le porte sans ménagement hors de l'appartement. Et sans difficulté tellement « l'apache flamboyant du journalisme mondain normand » a fondu depuis Pâques. Il est devenu léger comme une plume. Le journaliste n'offre aucune résistance, son panache aussi en a perdu. Le policier serre plus fort le bonhomme toujours suspendu à cinq centimètres du sol, le dos collé au mur à côté de l'escalier. D'un mouvement sec, s'il n'est pas étouffé, il peut rouler trois étages plus bas, se fracasser le crâne. Un accident d'escalier est si vite arrivé, surtout quand on est devenu léger et fragile comme un oiseau qui ne saurait plus voler.

1. Tu sais que tu es beau ?
2. Toi aussi, chérie.

– Alors comme ça, on s'adonne au rapt d'enfant ? Avec demande de rançon, peut-être ?

– Ce n'est pas vrai ! tente de s'égosiller Lalouette, le visage baigné de sueur.

– C'est ça, dis-moi que tu ne l'as pas trouvé dans la montgolfière des Toromonta, mais sur le Nil, ton petit Moïse.

– Il est à moi, à moi, expire le journaliste avec toute la conviction que lui laisse un reste de souffle.

Faidherbe le repose au sol et desserre son étreinte autour du cou de son suspect.

– À toi ?

– Oui, il est à moi ! C'est moi qui l'ai trouvé, c'est à moi qu'il doit la vie. Je suis sa seule famille désormais.

– Qu'est-ce que c'est que ces conneries ? Accouche, Lalouette, sans me raconter de blagues.

– J'étais le correspondant français des Toromonta, ces aristocrates italiens rencontrés lors d'une montgolfiade de Pont-Audemer que je couvrais pour *L'Éveil*. C'est mon ami Pietro qui me les a présentés. Toromonta tenait à s'assurer une descendance naturelle, au moins en apparence : honneur et loi familiale de succession, comme dans la famille royale britannique – Lalouette, l'index en l'air, prend des accents à la Stéphane Bern : « Les règles de la succession requièrent qu'un héritier soit un enfant né naturellement d'un père et d'une mère. » La marquise étant stérile... pas d'adoption possible, dispersion de la fortune et du nom si le couple disparaissait. Flore Marie, rencontrée à la montgolfiade, s'est proposée d'elle-même comme mère porteuse : il faut dire aussi qu'elle était sans le sou. C'était son dernier vol en ballon. Pour conserver son train de vie et ce loisir, elle a accepté de porter le rejeton du marquis à distance.

– Et qu'est-ce que tu foutais dans cette histoire, toi ?

– J'assurais pour le compte des Italiens le suivi de la grossesse, matériellement parlant. Après une première tentative en direct inaboutie, je recevais la semence de M. le marquis Toromonta par la poste. Flore Marie se chargeait toute seule du reste. Le marquis lui a trouvé une sculpture inséminatrice chez un artiste d'Honfleur. Une sorte de *sex toy* savant quoi, avec pompe intégrée et tout et tout. On était tous impatients. La chose se déroulait comme prévu, même l'accouchement à domicile s'est fait sans difficulté. Je l'ai aidée. Hé ! le petit est passé comme une lettre à la poste !

– À quel moment votre petit arrangement à trois a merdé alors ?

– À quatre, la marquise était au courant. D'ailleurs elle avait préparé l'heureux événement. En Italie, tout le monde la croyait enceinte. Elle est venue avec son mari prendre livraison de leur enfant.

– Et alors, tu leur as fait du chantage ou c'est Flore qui a renoncé au don ?

– Ah, mais pas du tout ! J'avais touché ma commission, moi, proteste Lalouette, je ne voulais rien de plus. Flore Marie n'en voulait pas davantage : les Toromonta l'avaient commandée, payée, à eux de se débrouiller avec cette marchandise humaine. J'ai d'ailleurs un contrat en bonne et due forme à produire si vous voulez. Je suis même le parrain de l'enfant !

Le journaliste reprend peu à peu du poil de la bête et se dit qu'après tout ce policier n'a rien de légal contre lui. Il prend un regard hautain, à la mesure de son prestige d'héritier et neveu du grand romancier Maurice Leroux, auteur d'une œuvre policière mineure considérable – trois cents titres parus – et désormais parrain désigné par contrat d'un enfant propriétaire d'une immense fortune italienne.

Mais Faidherbe se méfie de son esprit de bidonneur délirant et le soulève de nouveau, pour lui faire garder, de façon figurée et ironique, les pieds sur terre.

– Je répète ou je te balance dans l'escalier ? Ça t'explosera le crâne : pourquoi l'opération a merdé, fripouille ?

– Le petit est né avec une... anomalie. C'est inexplicable. Bref, il n'était plus possible aux Italiens de le garder : pensez, un monstre chez les Toromonta Di Ferie ! Un anormal : inimaginable ! Je suppose qu'ils ont décidé de le balancer par-dessus bord de leur engin dans la Risle ou dans la Seine.

– Une anomalie ? De quoi tu parles ?

Hugues Lalouette se tait. Il agite les pieds dans le vide et désigne d'un doigt le bas de son corps :

– Les jambes. Ma prothèse me fait mal, commissaire, vous ne voulez pas me faire atterrir ?

Faidherbe va se laisser attendrir quand la jambe gauche du journaliste s'allonge démesurément. Lalouette se désarticule comme un pantin ! Le policier lâche vivement sa prise, surpris par cette débandade du bonhomme, qui s'écroule sur le dos en poussant un juron. La prothèse a glissé du pantalon et gît maintenant par terre. Lalouette est en deux morceaux. Faidherbe se sent confus et se penche pour l'aider. Il remarque alors, dans le pied artificiel, la fenêtre d'une petite cache ouverte au moment de la chute du membre. Un téléphone portable de couleur rouge est planqué à l'intérieur. Faidherbe le glisse dans sa poche de pantalon, ferme le volet de la cachette avant que l'homme ne se redresse sur ses fesses péniblement. Réflexe professionnel avec les escrocs : tout est bon à prendre dans le larron. Il fera parler ce téléphone plus tard.

Le policier brandit alors la prothèse comme on menace d'une épée. Le talon de la chaussure en avant écrase les narines de Lalouette.

– Reprends ton pied, Lalouette, et accouche !

L'infirme reprend rageusement sa prothèse et la rajuste, en bougonnant, suscitant chez Faidherbe un fugace sentiment de pitié. Pourtant, il faut battre le fer tant qu'il est chaud. Le policier s'agenouille et reprend la strangulation en saisissant son suspect par le col du pardessus :

– Dis-moi : question pied, on a identifié la trace de tes chaussures à côté de la montgolfière. Alors ? Ta version de l'histoire ?

– Ce môme, il a des pouvoirs extraordinaires. Je suis sûr qu'il m'a appelé pour venir le libérer de la nacelle, à Octeville. Quand j'ai vu le ballon passer, j'ai eu une étrange sensation, un coup de chaud dans la poitrine, ça m'a fait tout drôle. Il fallait que je le suive, quoi, sans bien savoir pour quelle raison. À Octeville, je l'ai retrouvé tout dégonflé, avec le petit accroché au fond du panier. Un bébé que j'ai immédiatement reconnu. Eh ! je l'ai vu naître et grandir dans ses premiers jours sur cette planète. Mais j'ai alors tout compris : à qui était le ballon et qui était tombé à Honfleur et à Pont-Audemer. Que d'émotions ! Seigneur !

– Justement, la chute des Toromonta, comment tu l'expliques, toi ?

Faidherbe serre un peu plus sa prise.

– Je vais vous livrer une reconstitution hypothétique des événements.

En s'étranglant, Lalouette a exagérément monté sa voix sur le « hy » pour donner toute sa force persuasive à sa réponse. Il reprend en hoquetant :

– Voilà ce que je crois : le nourrisson a compris qu'on allait le balancer dans le vide. Il a anticipé l'action des Italiens. Il s'est protégé en les expulsant du ballon ! Je ne sais comment : en soufflant dessus peut-être ! Pouf ! Comme font les anges sur les tableaux, en plus fort. Allez voir l'état du Figaro de Quadrumani, vous comprendrez de quoi il est capable.

– J'ai vu.

Faidherbe relâche le journaliste et l'aide même à se relever, perplexe et troublé. Pour un peu, c'est lui qui devrait tomber sur le cul après des explications pareilles. Il pense alors à Claudia qu'il ne doit pas laisser seule trop longtemps avec ce gosse. Sait-on jamais, s'il était vraiment dangereux ? Il désigne à Lalouette l'intérieur de l'appartement.

– Rentre là-dedans et que personne n'en sorte avant que nous envoyions du monde pour éclaircir tout ça, vous entendre comme témoins, etc.

– Vous me croyez, n'est-ce pas ? demande Lalouette avec une lueur d'espoir joyeuse dans le regard.

– J'ai des doutes, ton nez s'allonge, enfoiré, tu dois encore mentir quelque part ou tu me caches quelque chose. Et Flore Marie ?

– Eh bien quoi, Flore Marie ? Elle a bénéficié de sa part, non ? Maintenant, qu'elle disparaisse et se fasse oublier, c'est dans son contrat aussi à celle-là.

Il y a quelque chose de faux et de malicieux dans l'expression du journaliste, pourtant Faidherbe reste persuadé qu'Hugues Lalouette ignore que la mère porteuse s'est volatilisée et ce qui lui est réellement arrivé. Tout à son pouponnage, le journaliste s'est coupé du monde extérieur, du moins à Pont-Audemer. Justement…

– Une dernière question et je te libère : qu'est-ce que vous faites ici, à Venise, avec ta clique ?

– Pourquoi pas Venise ? J'y ai des amis et on osera moins de questions à un parrain célibataire dans une grande ville comme celle-ci qu'à Pont-Audemer où tout le monde a fini par me connaître.

Plausible mais pas certain. Faidherbe se doute que le bonhomme manigance encore quelque chose. Quoi qu'il en soit, il a suffisamment recueilli de renseignements pour avoir une vue d'ensemble de l'affaire. Il l'a encore à sa merci, l'inculpation de rapt tient toujours et le parrain ne peut pas s'échapper bien loin, encombré de son illustre progéniture.

Hugues Lalouette rentre dans l'appartement, saluant bien bas Claudia qui en sort indemne après avoir recueilli identités et renseignements sur tous les occupants.

Georges Faidherbe lui fait le résumé des révélations qu'il vient d'obtenir, finalement sans trop de difficultés. Elle tient l'explication de la grossesse feinte d'Angelina Toromonta Di Ferie. Cependant, tout n'est pas admissible.

– Jamais personne ici en Italie n'acceptera que les Toromonta aient été des assassins d'enfant, ni un couple désuni par le désespoir, déclare la commissaire Da Ponte. Jamais ! Elle est monstrueuse, ton idée. Cela restera un accident. Ils sont tombés l'un après l'autre. Seul l'enfant était attaché.

– La nacelle était intacte, sans rien de défectueux pour que deux aérostiers expérimentés basculent par-dessus bord. À ce sujet, la Scientifique est formelle, objecte le Français. Et nus, pourquoi étaient-ils nus ?

– On connaît les experts… Un accident ! C'est un accident. C'est tout ce que nous pouvons admettre. Dans cet engin, avec le brûleur, ils ont eu trop chaud, voilà pour la nudité. D'autre part, tu ne l'as pas interrogé sur l'incendie des cercueils ?

Le ton péremptoire de sa collègue italienne a agacé Faidherbe, il n'est pas mécontent de l'irriter à son tour :

– C'est la part d'enquête italienne, ton enquête. Ils sont à ta disposition maintenant, sur ton territoire.

Elle fait une grimace.

– Merci du cadeau.

– Je t'offre une pizza? propose-t-il pour détendre l'atmosphère.

Il est indécrottable, ne connaît rien à la gastronomie italienne, contrairement au légiste Foutel, si raffiné dans ce domaine. Cependant, elle ne veut pas le vexer. On trouve ce plat dans bien des restaus pour touristes.

Quand le policier italien qui fera le planton devant la porte de l'appartement est arrivé, ils partent. Chemin faisant, ils s'arrêtent dans une confiserie pour acheter des bâtons de réglisse. Faidherbe n'en a jamais vu d'aussi longs : un mètre. Il en roule un dans sa poche pour Lebru qui pourra toujours se pendre avec s'il devient diabétique.

Campo Sant'Angelo, le soleil perce enfin : le marbre blanc, les crépis de diverses nuances d'ocre ou de lie-de-vin, la brique, toutes les façades des palais éclatent de couleurs chaudes. Ils s'arrêtent une minute à côté d'un vieux puits de la ville, le métal sombre de son large couvercle bombé est déjà tiède au toucher. Devant eux, au-delà de la place, se dresse le clocher de San Stefano, aussi penché que la tour de Pise. C'est par là que la Vénitienne conduit Faidherbe. Sur la place, vaste et lumineuse, en face du restaurant auprès du puits, il y a une petite librairie tout en profondeur qu'elle adore. Elle y achète un livre d'aquarelles sur la Sérénissime. C'est un cadeau pour lui. Pendant le repas, elle ne veut pas parler de l'affaire. Elle lui raconte l'incendie criminel de la Fenice, l'opéra de Venise situé à deux pas, en 1992, la reconstruction grâce à l'argent venu du monde entier, et la réouverture en 2008 après 60 millions d'euros de travaux telle qu'elle était avant. Une renaissance.

– *La fenice*, en français vous dites « le phénix », c'est un oiseau de légende qui vivait dans le sud de l'Égypte, plus grand qu'un aigle, d'une beauté inégalée, Giorgio, s'exalte Claudia. Au bout de cinq cents ans de vie, sentant ses forces faiblir, *la fenice* se bâtissait un nid, l'embrasait et brûlait vive. *E, miracolo*[1] *!* des cendres

1. Et, miracle !

chaudes et fumantes sortait en ébrouant son duvet *una piccola fenice*[1] prête pour une nouvelle vie de cinq cents ans. C'est une jolie histoire, non ? Notre opéra a vécu deux fois ce miracle. Longue vie à la Fenice !

C'est un toast. La commissaire boit une longue lampée de bardolino rosé que Faidherbe a commandé sur son conseil pour faire passer leurs *pizze* grandes comme des soucoupes volantes. Mais le Français a piqué du nez dans son verre. Une idée confuse cherche soudain à prendre forme. Le phénix, il en avait entendu parler dans *Le Corbeau et le Renard*. Il l'imaginait comme un super paon ou un faisan surdimensionné et surtout prétentieux qui aurait chanté avec la voix d'un rossignol et la puissance de Pavarotti – il devrait dire la puissance de la Callas car il n'ignore plus désormais que c'est une femelle, grâce à Claudia. Il ne connaissait pas, ou avait oublié cette histoire de suicide par le feu suivi de résurrection pour servir de substitut à la procréation avec œuf, partenaire, couvaison et tout le bazar en usage chez les oiseaux.

Quelque chose, que l'Italienne vient d'éveiller avec son récit, trotte dans son esprit, cherchant à éclore aussi. Quand cela se produit, Faidherbe manque de s'étouffer avec le bardolino qui fait fausse route. Il tousse, devient rouge comme une pivoine. Et si Flore Marie n'était pas morte consumée dans ses draps ? Et si Flore Marie n'avait laissé des cendres derrière elle que pour couper tous les ponts et que la jeune femme menait ailleurs une nouvelle vie, sous un autre nom, totalement libre et enrichie dorénavant avec l'argent des Toromonta… ? Lalouette n'a-t-il pas dit que, par le contrat qu'elle a signé, après la procréation, « elle disparaisse et se fasse oublier… » ?

1. Un bébé phénix.

Comment n'y a-t-il pas pensé plus tôt ? L'odeur ! Avec son odorat ultrasensible, il s'est trop vite persuadé qu'elle était morte brûlée. Il s'est laissé mener par le bout du nez par le stratagème de la jeune femme. Enfin... peut-être, car il faut garder la tête froide, étudier cette nouvelle évidence en une simple hypothèse, comme crierait Lalouette dans les aigus. Pourtant dès qu'il le pourra, il enverra un message à Chouchen pour qu'elle commence à explorer cette piste discrètement, avant son retour.

À l'Italienne qui le voit égaré dans ses pensées et l'interroge, il répond qu'il s'inquiète d'avoir laissé tout leur petit monde chez Quadrumani, comme si de rien n'était.

Il feuillette le livre que Claudia lui a offert et s'arrête sur une double page.

– Dis-moi, les plombs et les puits du palais des Doges, la prison Camerlenghi près du Rialto sont toujours en service pour nous les garder au chaud tous ces zozos, en cas de besoin ?

– Tu te crois encore au XVIIIe siècle ? Non, voyons, de nos jours ce ne sont plus que des lieux historiques et touristiques. Et puis, ce n'est pas la peine, tu as vu, on a du personnel pour monter la garde devant leur porte jusqu'à ce que le juge les convoque.

– Bien. Et ce bébé ? Je ne l'ai même pas vu, moi. De toute façon, je ne m'y connais pas en moutards. Il a quelque chose de spécial, d'après toi ? Dans ses élucubrations de mythomane, Lalouette a parlé d'anomalie et de pouvoirs.

Pourtant, après ce qu'il a vu dans cette affaire, Faidherbe est prêt à croire à l'impensable. Le bébé aurait-il agi à distance et mis le feu à sa mère biologique pour la punir de l'avoir abandonné ? Cela paraît fou et pourtant si évident.

Il entend déjà les remarques narquoises de Khencheli, ce rationaliste enragé, s'il lui expose cette conviction. Pour l'instant, il préfère s'en tenir à la combustion spontanée, déjà si difficile à faire admettre. Cette solution a au moins le mérite d'exister dans la tradition. Certes la troisième hypothèse, la mise en scène par Flore elle-même, fait son chemin mais en débutante. Pour toute explication, ils manquent de preuves alors que les faits sont là : les morts pleuvent autour du nourrisson. Quel merdier ! L'Italienne a rêvassé longtemps avant de lui répondre à propos du bambin :

– Boh… je n'ai rien vu, à part une vivacité précoce pour ses quelques jours de vie.

Elle n'ose pas lui avouer la tempête émotionnelle que son contact a provoquée au plus profond d'elle-même, et qui revient lui chatouiller les entrailles à sa seule évocation. Elle baisse les yeux.

Quand ils sortent, Claudia s'aperçoit que sur les boutons de son cardigan se sont accrochés des cheveux blonds de l'enfant. Faidherbe s'approche et se colle contre elle pour les détacher un à un, très délicatement, et les insérer dans la poche intérieure de sa veste.

– Il s'agit seulement d'un prélèvement, pour le laboratoire, Claudia, rien de plus, pour s'assurer que l'enfant est bien un Toromonta et que Lalouette n'a pas raconté trop de bobards.

Il ressent la respiration rapide de l'Italienne. Elle est troublée par cette proximité masculine. Elle frissonne, sous les effets combinés du vin italien et de l'enfant, et approche son profil parfait de son visage. Lui est shooté à l'adrénaline après l'interrogatoire musclé de Lalouette et plane sous les effets du même vin. Il respire le parfum envoûtant qui émane de cette tête merveilleuse, caresse de son nez une mèche noire qui se tortille au niveau de la tempe. Leurs bouches s'effleurent. C'est un baiser d'amour naissant, mais la passion a quand même un goût de soufre. C'est encore meilleur. Pour lui, il s'agit d'un premier baiser sous sa forme adolescente, celui de

Ziza, il l'a reçu mais pas donné. Il n'est pas trop maladroit cependant avec Claudia. Il a dû garder la mémoire des sens de sa vie antérieure.

Venise… Amours aiguillonnées par un chérubin malin. Baisers de feu et diable aux fesses. Quoi de plus normal quand autour d'eux tout le monde s'embrase ?

CHAPITRE 25

Venise multiplie les pistes

Un peu plus tard, en descendant les marches de l'un des quatre cent trente-cinq ponts de la ville, le pont Ruga Bella, la cheville de Claudia tourne. La jeune femme pousse un petit cri, se rattrape à son bras, se colle tout contre lui et demande :

– Toi, tu n'as jamais eu envie d'avoir un petit, Giorgio ?

Il garde le silence, éberlué par cette question à laquelle il n'avait jamais songé. Sous peu, elle va lui proposer le mariage aussi sec. Elle se rend compte que le sujet le réfrigère :

– C'est vrai, c'est trop tôt pour toi peut-être. Tant pis.

Il veut bien se faire plaisir et lui faire plaisir, et comment ! Elle lui plaît beaucoup. Mais pas à ce prix, d'emblée. Il y a des limites.

Elle s'écarte et pousse en marchant un grand soupir. Ils vont déambuler dans la ville, passant par le pont du Rialto, coupant à travers le quartier San Polo jusqu'au *traghetto* du quai des Turcs. C'est l'occasion pour Claudia de faire visiter sa ville à son collègue français. Ils ne sont pas pressés de se quitter. Ils traversent debout le Grand Canal avec d'autres passagers dans la gondole longue que manœuvrent deux gondoliers, un à la proue, l'autre à la poupe. Faidherbe se plaît à observer leurs gestes habiles et économes de leurs forces. Son hôtel est situé dans le *sestiere* Cannaregio, il ferait bien entrer Claudia dans sa chambre.

Le téléphone sonne. C'est Chouchen.

– J'ai un message pour toi de Lebru : une activité anormale sur le Net, Facebook, Twitter et compagnie. Un rassemblement s'organise sur le Grand Canal du côté du palais des Toromonta demain. Ça vient de Lalouette. M'est avis que ce ne sera pas un pique-nique.

– Merci à l'équipe, on va s'occuper de ça avec Claudia, je vous raconterai. Fais-moi plaisir, contacte les gendarmes de Pont-Audemer, fais-leur un peu de charme et apprends où ils en sont dans leur recherche de Flore Marie. Ce pourrait être une disparition organisée.

– Par elle ou par d'autres ?

– Par elle, avec la complicité d'autres, pourquoi pas ?

– Eh bien, Venise multiplie les pistes, on dirait. À part ça, comment vont les amours ? Tu la mènes en gondole, Casanova ?

– Mêle-toi plutôt de celles de Bénédict. Il va mieux ?

– Sa voisine d'hôpital le dorlote. Tu ne le reconnaîtrais pas. Il sait y faire, lui.

Elle coupe dans un grand éclat de rire, qui le vexe.

– S'occuper de quoi ? s'inquiète la commissaire italienne.

Explications sommaires données, Claudia reste dubitative.

– Ton journaliste est bloqué chez Quadrumani avec le moutard, comme tu dis. Que veux-tu qu'il arrive ?

Par acquit de conscience, elle passe quelques coups de fil afin que ses services fassent des vérifications sur cette activité découverte par le lieutenant Lebru sur son ordinateur du Havre.

CHAPITRE 26

L'emprise des sens

Quand Faidherbe se réveille, il se retourne pour se coller à la chaleur de l'Italienne. Il ne rencontre que le vide. Ils ont passé l'après-midi de la veille à faire l'amour, ce qui les a laissés tous deux hagards au bord du lit avec le constat étourdissant que leurs corps leur ont complètement échappé. Ensuite, ils ont pris un rapide dîner dans un self du Rio Terrà Lista di Spagna, entre la gare et son hôtel, silencieux, n'osant croiser leurs regards après un tel déchaînement amoureux, puis sont retournés sans tarder à leur passion ardente.

Il est 8 heures, Faidherbe ne s'est pas rendu compte que Claudia s'est levée et est partie travailler. Il se rase en regardant par la fenêtre au-delà du Campiello Maddalena, une place ombreuse de dimension modeste en forme de trapèze, flanquée d'une petite église ronde à coupole. Deux gondoles sont à quai, vides à cette heure matinale tout près du pont Sant'Antonio. Plus tard les gondoliers à maillots rayés et chapeau à ruban viendront s'accouder à la rambarde de fer et plaisanter en attendant les touristes. Aura-t-il le temps d'offrir un tour à Claudia avant son prochain départ ? Il sourit à cette idée. Il lui faudrait se renseigner. Peut-être une Vénitienne trouve ça commun, pour ne pas dire attrape-touristes vulgaire. Il retourne dans la salle d'eau s'asperger le visage quand son portable sonne. Claudia parle à voix basse :

– *Giorgio, amore*, rejoins-moi à la Questura, il y a du nouveau. Les journalistes se sont échappés.

Vingt minutes à pied, un peu moins s'il se hâte. Cela ne vaut pas la peine d'attendre un *vaporetto* devant la gare pour aller à Santa Croce. Au kiosque du pont Scalzi, l'incendie du cimetière et la destruction des corps de Toromonta font la une de tous les journaux.

Sur place, Claudia fait grise mine. Les cernes sous les yeux attestent que la nuit a été mouvementée. Toutefois ce n'est pas la fatigue de l'amour qui lui donne cet air abattu. Ses chefs, eux-mêmes, sous la pression des autorités régionales et nationales – deux ministres, des députés, des sénateurs et même le Patriarche ont téléphoné –, lui ont reproché l'incident de San Michele et s'apprêtent à la livrer en pâture à la presse comme responsable de ce qui s'est produit. La commissaire n'y est pour rien, mais comme elle était présente, elle servira de fusible. Il est probable qu'elle sautera.

Elle prend son sac à main sur son bureau et l'entraîne hors du bâtiment. Quelques collègues italiens masculins de Claudia viennent serrer la main de Faidherbe avec un air envieux, ayant tout de suite deviné qu'il a réussi là où ils ont échoué. Les hommes en tenue saluent longuement et ostensiblement sur leur passage. C'est leur façon de marquer leur solidarité avec une supérieure que l'on va sacrifier.

– Qu'est-ce qui s'est passé ?

– Ils avaient une porte communicante avec un autre logement qui donne au rez-de-chaussée sur le canal de derrière. Le brigadier de police qui commandait la surveillance vient d'arriver du Frioul, il n'a pas pensé qu'ils pourraient quitter ainsi leur étage.

– Ça s'est passé quand ?

– Je t'ai appelé aussitôt qu'ils s'en sont rendu compte. C'est la relève qui les a vus partir dans une vedette.

– Ils vont où ?

– À ton avis ?

– Au palais Toromonta.

– Tout juste, et nous y allons aussi en vedette. On entrera par la façade sur le Canal Grande, ce sera plus rapide. J'ai envoyé des hommes pour investir le palais par l'arrière.

Sur le quai devant la Questura, ils montent dans une vedette bleue de la police, un nouveau modèle. Le pilote démarre en trombe en direction du Grand Canal.

Passée la gare, commence le défilé des palais prestigieux aux façades magnifiques. Celui des Toromonta Di Ferie se trouve sur la rive gauche entre la fameuse Ca' d'Oro et le palais Michiel dalle Colonne, en face du bâtiment de briques de la Pescheria, le marché au poisson, sur l'autre rive, très reconnaissable à ses arcades à ogives et sa galerie.

Le palais, l'un des plus anciens de Venise, présente un portique à ras de l'eau qui ouvre sur d'anciens magasins pour le stockage des marchandises, un étage noble avec balcon qui dessert des fenêtres hautes et étroites à colonnes et arches, un dernier étage moins ouvert mais tout aussi élégant. Une décoration de marbre orne des murs fraîchement recrépis qui dénotent que la famille est restée opulente. À Faidherbe qui s'étonne de ses dimensions modestes en hauteur en comparaison de nombre des palais voisins, Claudia explique :

– Tu n'en devines pas la profondeur ; c'est un véritable labyrinthe. S'ils ont décidé de nous échapper encore, nous ne les tenons pas tout de suite.

– Heureusement, le petit est un fardeau pour des fugitifs.

– Un fardeau bien léger. Il n'y a que ses réactions imprévisibles qui pourraient les freiner.

Elle n'en dit pas plus, ils sont arrivés à la hauteur de leur objectif. La voie est encombrée d'une flottille d'embarcations diverses, massées devant le portique, pleines de gens, les uns assis, beaucoup debout malgré les mouvements de l'eau. Ils ont tous le téléphone en main, consultant des messages ou conversant à tue-tête avec des gestes frénétiques de la main.

– Pourquoi ne pas donner la sirène pour écarter tout ce monde ?

– Je ne peux pas procéder à l'arrestation, je n'ai toujours pas d'autorisation écrite du procureur. Je peux seulement m'assurer qu'ils ne disparaissent pas.

– Voilà autre chose.

Faidherbe s'assoit et frappe sur le capitonnage du siège de colère, faisant retourner le pilote, indigné qu'on maltraite son bateau tout neuf. Le policier français est d'autant plus furieux et de mauvaise foi car lui-même n'a ni commission rogatoire à faire valoir, ni mandat. À distance il ne pourrait pas les obtenir assez vite. Il s'en veut de ne pas avoir contacté la France hier à ce sujet, laissant à Claudia l'initiative. Il s'était donné un autre chat à fouetter.

– Qu'est-ce que nous faisons ici alors ?

– La même chose que tous ces gens : nous allons assister à une performance de tes amis les journalistes, je ne sais pas du tout de quoi il s'agit, répond-elle agacée, les nerfs à vif depuis les réprimandes de ses supérieurs.

Elle tend son téléphone où elle a affiché le dernier tweet de Quadrumani :

Révélation sensationnelle au balcon des Toromonta en exclusivité ce matin à 9 h 30.

Un tel message a rameuté tous les amateurs de *scoops people* de la région, surtout après le brûlot de la veille sur l'île des morts, plus, inévitablement, de simples curieux avides de nouveautés. Viennent s'ajouter des touristes en visite sur le marché. La densité des embarcations les a poussés à se ruer sur les gondoles et bateaux disponibles pour ne pas manquer une attraction de plus. On y trouve en outre des membres de quelques tribus mystiques excités par Pietro Quadrumani dans des articles bourrés de mystères. Des Vénitiens, des vrais, passent aussi, l'air las et le cabas plein à ras bord en prêtant une attention distante à ce qui doit être un rassemblement éclair, une de ces *flashmobs* grotesques pour une marque de lunettes ou de sous-vêtements.

Un reflet du soleil illumine soudain la fenêtre centrale, au premier étage du palais. Elle s'est entrouverte. Le brouhaha fait lever la tête des deux policiers.

CHAPITRE 27

Une *flashmob* d'enfer

Pietro Quadrumani paraît le premier, un mégaphone à la main. Il est accompagné d'un domestique du palais qui déroule devant lui, sur la rambarde en fer forgé du balcon, un grand étendard. Il a été brodé par les femmes de la famille au début du siècle aux armes des marquis : en écu de bannière pour marquer la fidélité au Saint-Siège, parti, au premier d'or de chef d'un lion de Saint-Marc de gueules, au second d'or de chef d'un taureau de Saint-Matthieu de sinople, enté d'un bandeau d'azur.

On applaudit. Les appareils photo, caméscopes et téléphones portables sont mis en batterie, tendus vers le balcon. Le journaliste italien embouche le porte-voix et lance en italien :

– Peuple vénitien, j'ai une grande nouvelle ! Venise, les Toromonta Di Ferie ne t'ont pas abandonnée.

Il a hurlé et descend l'appareil pour reprendre son souffle. De la foule encore intriguée jaillissent les premiers bravos d'encouragement. Quadrumani se tourne et fait un signe, Lalouette sort à son tour, portant aussi haut qu'il peut au-dessus de sa tête un nourrisson blondinet, beau comme un *putto* de fresque. Il dresse fièrement cet enfant qu'il a personnellement tiré de la montgolfière atterrie à Octeville. Ses bras oscillent d'émotion ou d'épuisement. Le bébé embobiné dans un linge blanc semble flotter dans les airs.

Les Smith se montrent aussi au balcon avec une certaine timidité. Prudence exhibe un chapeau à voilette, bleu vif, que n'aurait pas renié la feue reine mère Elizabeth. Elle l'a enfoncé à fond pour dissimuler sa récente calvitie. Elle agite gentiment la main, Archibald Smith, en retrait, tournicote de la main droite l'extrémité pointue de sa moustache, signe d'une intense émotion.

– Vénitiens, voici l'enfant sauvé des Toromonta ! reprend l'Italien. La marquise l'a mis au monde et nous l'a confié avant son dernier et fatal voyage dans les airs et, selon sa volonté, M. Hugues Lalouette qui vous le tend est son parrain et…

L'orateur marque un silence avant de proclamer *urbi et orbi* :

– … Venise est sa marraine !

La foule en bas lance des cris d'enthousiasme. On délire de joie, les embarcations tanguent, quelqu'un tombe à l'eau. À un autre moment, l'incident aurait fait diversion. Aujourd'hui la liesse est trop forte. On laisse patauger le maladroit, et se noyer.

Quand il voit le calme revenu, Quadrumani achève :

– Le souhait des marquis était de mettre leur enfant sous sa protection. Sous ta protection, peuple de Venise. Le voici. Vive le nouveau marquis ! Vive l'héritier ! Vive Venise !

Quadrumani s'effondre, épuisé par l'énergie qu'il vient de dépenser dans ses dernières exclamations.

– *Viva il marchese ! Viva il erede ! Viva Venezia !* reprend à l'unisson la foule dans la flottille.

Georges Faidherbe regarde Claudia Da Ponte, interdit.

– Ils ont assuré leur fortune, les journalistes, remarque-t-elle. Les contrats pour l'exclusivité de ces révélations leur rapporteront des millions. Bien joué.

– Alors, on ne peut plus les arrêter maintenant ?

– Mais Giorgio, on n'aurait jamais pu ! Ils ont dissimulé l'enfant quelque temps. C'est tout… après lui avoir sauvé la vie. Voilà comment on voit les choses ici.

Sur le balcon, Lalouette, gagné par le charivari de l'enthousiasme populaire, balance en l'air l'enfant comme un prêtre son encensoir, avec un peu trop de vigueur peut-être. Le *bambino* tout potelé passe au-dessus de la rambarde et voltige au-dessus du vide, seulement tenu par les bras du Français qui le portent sous les aisselles.

Soudain, le linge qui enserre l'adorable bambin glisse du bas de son corps, choit de quelques mètres puis s'élève, porté par une douce brise, et remonte en ondulations élégantes le canal où il disparaît vers la lagune. La couche pleine suit le mouvement, mais soumise à une attraction terrestre plus brutale, elle tombe à pic sur la tête d'un gondolier. Des hurlements de rires animent les spectateurs. On se montre aussi les membres nus du petit être et ce qu'il y a entre eux deux :

– C'est un vrai garçon ! Bravo !

– Regardez ses petites jambes ! Elles s'agitent dans tous les sens ! Trop mignon ! Je twitte !

Un silence pesant suit le brouhaha d'étonnement. Une voix s'élève :

– Mais qu'est-ce que c'est que ces pieds ?

– Ah oui, ils sont plutôt drôles…, répond une autre.

En effet, il n'a pas vraiment de pieds, cet enfant, ni de jambes à proprement parler. À leur place, deux sabots à l'extrémité de deux pattes de jeune bouc, d'un beau marron foncé, reluisent comme un cuir de bottines de qualité supérieure.

Au premier rang des barques, une famille de Qataris grossit l'image prise avec le téléobjectif de leur reflex. Effectivement. Ce ne sont pas des babouches, non, non. Ce sont bien des sabots… et ces sabots sont fourchus !

Incroyable ! Intéressant : ne pourrait-on pas acheter ce petit monstre ? Leurs voisins, des Japonais, lorgnent l'image, la prennent en photo avec leurs portables et l'envoient direct au pays. Des Chinois rient : une copie en résine est déjà en voie de multiplication dans une banlieue de Xi'an.

Une clameur s'élève. Tout le monde a vu maintenant : le bambin est méchamment anormal. Il y a pire : à regarder plus attentivement, ses jambes ou ses pattes – puisqu'il faut nommer un chat un chat – ne semblent pas de chair et d'os couverts de peau et de poils mais d'une matière ligneuse, bref, disons-le tout net : du bois.

– Horreur ! s'écrient certains.

– Malheur ! s'exclament d'autres.

– *Antecristo !* hurlent d'une même voix une dizaine d'amateurs de *death metal* massés sur une gondole pleine à craquer. Ils tendent un bras, doigts pointés en signe de cornes vers leur sauveur maléfique tout en rotant de plaisir leurs bières frelatées. La barque vacille mais ne coule pas.

– Imbéciles ! leur répondent des religieux missionnés par le Vatican qui les abordent dans leur gondole. Comment ce malheureux et difforme chérubin pourrait être l'Antéchrist ? Il ne parle pas, il ne délivre nul message ! À son âge, le pauvre enfant, comment voulez-vous ?

De tous les bateaux, on mitraille le prodige avec son mobile. Ou on s'assoit, affligé, et on se couvre les yeux de ses mains pour ne pas voir l'insupportable. L'héritier des grands Toromonta est un monstre. Mais on regarde entre ses doigts quand même.

C'est affreux mais tellement événementiel !

Un embouteillage se crée, on hèle toutes les embarcations qui croisent sur le canal. Chacune vient s'agréger à la flottille au point de barrer la voie d'eau. Le monde entier doit savoir, il faut être le premier à le dire et à le montrer : et de tweeter, de textoter, de googler, de facebooker comme des fous !

Est-ce à cause de l'effervescence d'ondes électromagnétiques, des flashs, des cris et de l'agitation ? Le cher ange, que son parrain a ramené contre sa poitrine, s'énerve, devient tout rouge et retient sa respiration. Quadrumani ne réalise pas cette métamorphose, il agite la menotte de l'enfant comme on présente à des *tifosi* le dernier achat d'un *mercato* estival et sourit aux caméras, découvrant largement ses dents blanchies à la coke.

Lalouette, lui, a senti la colère de l'enfant bouillir. Le bébé est déjà monté en température comme ça, et ce n'est pas de bon pronostic. Ne sachant quoi faire, embarrassé, pour ne pas dire paniqué, le journaliste français se retourne vers les Smith mais les Smith, ayant distingué les signes avant-coureurs de l'orage, se sont prudemment réfugiés à l'intérieur et songent sérieusement à plier bagage pour regagner leur île britannique, plus sereine.

Lalouette, les bras tendus, écarte de lui l'enfant comme une bombe près d'exploser. D'ailleurs, voilà que l'enfant siffle maintenant ! On dirait une cocotte-minute. Ou peut-être hurle-t-il. Difficile à dire tant les clameurs de la foule sont fortes. Et voilà qu'une volée de cloches sonne 10 heures de l'église voisine. Les gambettes de l'angelot se rejoignent alors et il frappe ses petits sabots l'un contre l'autre ! En rythme même, comme des castagnettes ! Exultation, fascination… hallucination ? *Un grande spettacolo*[1] *!* Quadrumani, à genoux et en appui sur le porte-voix, a saisi son portable pour immortaliser la scène du balcon. Il tend l'appareil pour cadrer au mieux son confrère et le bambin miraculeux. Ça fera la une de *GossipNews* dans une heure.

1. Un grand spectacle !

C'est alors que tout, les façades, le canal, le marché, la ville et le ciel, disparaît dans un embrasement électrique d'un blanc intense et crépitant.

– Qu'est-ce qui s'est passé ? demande Faidherbe à Da Ponte, en se frottant les yeux pour chasser les mouches qui dansent dans son champ de vision.

Frappée de stupeur, encore aveuglée, Claudia ne répond rien. La foule aussi s'est tue. De tout là-haut, on entend des mouettes. En bas, on peut seulement distinguer le crépitement d'un bois que le feu consume et le bouillonnement de l'eau dans le feu. Les policiers se lèvent prudemment dans la vedette en s'accrochant l'un à l'autre pour avoir une vue d'ensemble. Sur le canal, en dessous du palais des Toromonta, on aperçoit comme un long serpent lumineux : c'est une colonne de gondoles incendiées. Dans la barque voisine de la vedette de police, les passagers ne sont plus que corps fondus les uns dans les autres avec quelques bras tendus qui émergent de ce tas fumeux. Les uns tiennent un mobile pétaradant des flammèches, les autres font une scoumoune en berne. Puis ces bras s'effondrent les uns après les autres sur les chairs calcinées. Des gondoliers épargnés, sur leurs barques enveloppées de flammes, errent au milieu de ce désastre comme les rescapés choqués d'une bataille navale. Leurs yeux ne sont plus que billes de charbon. On ne songe même pas à sauver les nombreuses personnes tombées à l'eau, c'est inutile, elles sont perdues à jamais. Éclairés de l'intérieur par une lumière orangée, leurs corps se consument et coulent.

Au balcon, Lalouette tient encore l'enfant à bout de bras. Son visage a, semble-t-il, vu la foudre de trop près. Il est cramoisi, fume et perd des lambeaux de peau. À côté, le corps de Quadrumani n'est plus qu'un pantin noirâtre qui porte sur son crâne calciné, en guise de chapeau, le porte-voix de son annonce malheureuse. Le petit ange, lui, s'est endormi après l'effort, tout sourire.

– Nom de Dieu ! s'écrie Faidherbe. C'était la fin du monde, n'est-ce pas ?

– Mais non, Giorgio, tu sais bien, l'éternité de Venise nous en préserve, réplique Claudia qui a repris ses esprits. Tu n'as rien, n'est-ce pas ? Aide-moi alors à porter assistance aux blessés et à coordonner les secours.

Le drame aura fait des dizaines de morts, de nombreux brûlés à divers degrés : six cent soixante-six, prétendront des satanistes et des sectaires de tous poils. Ridicule !

L'enquête conclura dans une prose toute de raison et légèreté à « une tempête d'électricité statique très localisée et d'une rare puissance ayant provoqué la combustion explosive de bulles de méthane – autrement appelé “gaz des marais” – remontées des fonds fermentés de la lagune sous l'effet des remous d'un exceptionnel rassemblement d'embarcations sur cette partie du canal ». En outre, elle établira comme pure coïncidence – il ne faudrait pas fâcher les industriels – que seuls en furent victimes les gens présents tenant en main un appareil à batterie lithium-ion, de contrefaçon asiatique bien sûr.

Des rumeurs, que les autorités s'empresseront de qualifier de « délirantes », mettront l'événement vénitien sur le compte du petit monstre au balcon. Internet s'enflammera un moment à propos de cette affaire. La Toile se calmera vite, nulle image précise de l'enfant n'ayant atteint les réseaux à temps. Quelques esprits malins interpelleront aussi le Vatican *via* le compte du Saint-Père, sur Twitter : « cet enfant apparu à Venise : fantaisie de la nature ? Ange ou démon ? ». Le Pape ne twittera mot.

POSTLUDE

Un ange trépasse

Pont-Audemer. Normandie. C'est une fin d'après-midi de juin, encore baignée de lumière. Aelez-Bellig Chouchen approche, gloussant au bras de son Jason qui picore la base de son cou. À l'ombre d'un grand saule pleureur dont les branches basses lui caressent les épaules, la tête couverte d'un chapeau de paille à ruban, un homme est assis sur un pliant, le bras tendu vers son chevalet. Jim Narcissus Godett peint. À côté de lui dans l'herbe, une large couverture claire expose les reliefs d'un pique-nique que des colonnes de fourmis ont investi en rangs serrés, avec ordre et méthode. Au-delà de l'herbe, à contre-jour, miroitent les étangs de Pont-Audemer. Une ligne jaune et courbe grossit progressivement sur l'eau. Quatre taches sombres, dont l'une se tient verticalement à l'arrière, figurent les passagers d'une gondole vénitienne d'une couleur joyeuse, inhabituelle. Ils approchent de la berge.

– Vous vous débrouillez bien, commandant, comment avez-vous appris ? demande Bénédict Durozier assis devant lui, le bras entourant les épaules frêles de sa récente épouse, Anna.

Georges Faidherbe appuie la longue rame sur la *forcola* avant de répondre :

– Avec ma Wii, devant l'écran télé !

Cette promenade est le cadeau de mariage qu'il offre à son collègue avec la complicité de Claudia : balade en gondole dans la Venise normande. Toutefois, Faidherbe n'a pas été autorisé à promener les nouveaux mariés dans les cours d'eau de la cité, étroits et vifs. Il s'est rabattu sur les étangs calmes, propices à la flânerie amoureuse. Cette fantaisie, le père de Claudia Da Ponte l'a rendue possible en prêtant gracieusement l'embarcation, un *gondolino*, plus petit, plus léger, plus rapide et destiné à participer aux régates historiques.

Les deux couples passent devant la tache claire que fait le peintre au travail dans le paysage arboré.

– Mon bonheur serait complet si vous aviez retrouvé ma sœur, dit la jeune femme en se pelotonnant davantage contre le corps du jeune marié.

– Ne désespérez pas, la gendarmerie y travaille et si nous pouvons, nous l'aiderons, répond Georges Faidherbe.

À l'avant, la commissaire italienne soupire. À l'évidence, la nouvelle épousée ignore que sa sœur a porté un enfant. Personne ne lui en parlera. Il vaut mieux. Avec la fermeture des hôpitaux psychiatriques des îles San Servolo et San Clemente, il a été difficile de trouver un point de chute à ce nourrisson terrible. Une ombre passe dans le regard de l'Italienne à cette pensée. À cause de sa présumée dangerosité, on a isolé l'enfant dans une ancienne île fortifiée de la lagune et un bataillon de médecins militaires l'a élevé en secret, mais en vain. Son état s'est dégradé. On le biberonnait pourtant aux meilleurs laits italiens et même normands. Quant aux nourrices, échec, elles se sont toutes enfuies : le bébé massacrait leurs tétons jusqu'au sang. Et il n'avait pas fait encore sa première dent.

Pire, le petit être s'est inexorablement lignifié – une énigme pour la science à ce jour, même si à première vue cela pouvait passer pour une invasion irrépressible du papillomavirus, à l'origine d'un cas célèbre d'homme arbre, en Indonésie. Mais les analyses l'ont confirmé : dans son cas, il s'agissait bien de bois et non de verrues.

Quand le tronc a été atteint, le bambin est mort. Après l'autopsie, le corps a continué inexplicablement de se transformer en bois. Les autorités avaient ordonné de faire disparaître définitivement le petit cadavre scandaleux par incinération au grand dam des médecins chercheurs, mais le journaliste français Hugues Lalouette, qu'on avait autorisé par faiblesse sentimentale à rester à son chevet, l'a subtilisé la nuit qui précédait la crémation et « l'a confié » aux eaux de la lagune. On ne l'a pas retrouvé. Dieu seul sait jusqu'où il ira flotter et peut-être s'échouer de nouveau.

Hugues Lalouette purge en Italie une peine légère pour soustraction de cadavre. On l'attend en France pour le juger pour rapt d'enfant, son extradition est demandée. La péninsule fait la sourde oreille. Des tractations sont en cours pour étouffer l'affaire car le scandale couve encore sous la cendre. Il y a pire, Claudia vient de l'apprendre de son amant français : celui qu'on a fait officiellement passer pour l'héritier de Toromonta, selon les vœux de cette famille, est génétiquement le fils de Lalouette, on en a la preuve par les analyses et contre-analyses ADN. Et Faidherbe a obtenu la confession du journaliste dans sa cellule de prison italienne :

– Les premiers essais avec le sperme du marquis n'ont rien donné, lui a déclaré Lalouette. Le temps pressait, les pochettes fraîches arrivaient irrégulièrement à cause de la poste : en payant de ma personne, j'ai donné un petit coup de main au destin, c'est tout. On n'y a vu que du feu.

– Flore Marie était au courant de cette substitution ? Elle a accepté ?

– Pas si bête, je n'ai rien dit. D'ailleurs, je n'étais pas certain qu'il fût mien, le bambin. La procréation artificielle a ses mystères aussi. Au rythme où elle s'envoyait la sauce à cette époque-là, qui pouvait savoir quel lot était gagnant ? D'ailleurs, je ne le souhaitais pas spécialement. L'important, c'était de contenter tout le monde. Je suis un philanthrope, moi, commissaire.

– Combien t'a rapporté cette philanthropie, enfoiré ?

– Un million d'euros, a révélé Lalouette avec fierté, une belle affaire. Les Toromonta étaient richissimes.

– Il y en a qui ont assassiné pour ça, a commenté Faidherbe, songeant à ce banquier tué en Suisse par sa maîtresse à qui il avait donné puis repris cette somme.

– Eh bien moi, j'ai donné la vie. J'en suis amer après ce qui est arrivé à l'enfant, personne ne peut me donner d'explications. Vous avez une hypothèse, cette fois, à ce sujet, commissaire ?

– Godett et Durozier m'ont parlé d'une statue à l'influence maléfique, je l'ai vue chez Flore Marie. Tu crois à ces choses-là, toi, Lalouette ?

Le journaliste est resté silencieux, rêveur, puis a lâché :

– Je n'y croyais pas… Les dieux d'autrefois ne veulent pas mourir non plus… Ils ont besoin des hommes… Celui-là se sera servi de moi… J'aime mieux ça, commissaire. Je vous remercie d'être venu me livrer un coupable, je suis rassuré.

Bien sûr, le supérieur de Faidherbe n'a pas voulu entendre parler de cette histoire de dieux coupables.

– Nizar Khencheli, a déclaré Georges à Claudia, bataille pour que la version italienne soit adoptée en France. C'est la seule rationnelle à son avis. Même Lalouette trouve grâce à ses yeux et il harcèle le parquet pour qu'on lève l'inculpation. Un peu de prison en Italie suffit pour punir ce pisse-copie de défier la police française.

Un mouvement un peu brutal de la gondole fait revenir l'Italienne de sa songerie. On accoste. Un téléphone sonne. Georges Faidherbe descend sur la berge et, en appui sur sa perche, sort de sa poche un mobile rouge que Claudia ne lui avait jamais vu. Les trois autres attendent dans la gondole, le regard interrogateur. Ce téléphone est celui qui était planqué dans le pied artificiel de Lalouette : ce portable n'a rien révélé aux spécialistes de la Scientifique car, n'ayant jamais servi, il n'avait en mémoire aucun numéro d'appel reçu ou émis. Et voilà qu'il est appelé maintenant. C'est dingue, c'est inespéré. Le policier attendait ça sans grande illusion en le portant en permanence sur lui.

– Allô ?

Un grésillement. Derrière, une voix féminine, comme très éloignée, se manifeste :

– Allô ? Lalou ? Le groupe électrogène est tombé en panne. Il fait noir, il fait froid, mais ne t'en fais pas, je vais bien…

Faidherbe regarde sur l'appareil la photo de sa correspondante qui s'affiche, incrédule, presque stupide. Il n'a rien préparé à dire dans cette éventualité. Il attendait bien un signe pourtant. Mais ça ! C'est idiot. Alors ? S'annoncer ? Imiter Lalouette ? Faire vite de toute façon. Garder le contact à tout prix. Il prend sa voix la plus haut perchée.

– C'est vous ? Mais… vous êtes où, ma chère ?

Le portable brûle la main du policier. Maudites batteries. S'il garde le mobile à l'oreille, il aura sans doute la moitié de la tête calcinée en un éclair. Mémoriser au moins le numéro : 06 66 0… Le cadran flashe furieusement d'une lumière aveuglante. La douleur devient atroce. Les yeux du commandant se troublent de larmes. Sa main commence à fumer et sent le poulet grillé. Sous les yeux effarés des autres, il lance en jurant l'appareil le plus loin possible vers le lac. Une voix aux paroles indistinctes répond à la question en passant par-dessus la tête des passagers de la gondole. Le mobile se consume en plein vol dans un panache orangé. L'appareil a disparu, fin de la communication.

Faidherbe s'agenouille et baigne sa main dans l'eau du lac. Il regarde en l'air, anéanti, les yeux embués. Claudia a vu sa douleur et l'a rejoint. Elle rompt prudemment le silence qui a suivi l'incident :

– Giorgio... ça va ? Tu avais acheté ce téléphone en Italie, sur un marché, n'est-ce pas ? Tu aurais dû me le dire, je t'aurais prévenu. C'est de la camelote. Ta main ? Montre.

– La douleur est supportable, ça va aller.

Le policier se relève et ajoute à l'adresse d'Anna Durozier, restée assise à la proue de la gondole :

– C'était Flore.

La nouvelle produit à bord de l'esquif un effet de sidération, suivi d'une bouffée d'espoir et d'un flot de questions sans réponses. Où est-elle ? Dans des limbes électromagnétiques ? Réincarnée en ondes 3G ? Et que fait-elle ? Comment la récupérer ? Puis il faut se résoudre à accepter l'incroyable ou se dire que ce n'était qu'un fantôme de voix, une résurgence, une trace sonore exhumée par le dérèglement du portable. Quand Anna comprend qu'elle n'en saura pas davantage à voir le policier qui s'éloigne, elle consent à quitter le *gondolino.*

L'embarcation tirée à terre est cadenassée à un arbre, à côté d'une mobylette. Les promeneurs se dirigent en ville pour dîner à la *Petite Venise,* une pizzeria du centre qui longe un canal.

Là, autour de la table, autre silence embarrassé. On peine à commenter le tableau de Godett, une *Veduta normanna*[1], offert au couple Durozier et qu'on se passe

1. Un paysage normand.

de main en main. Au milieu d'un paysage en vue panoramique, les protagonistes de cette folle histoire sont figurés, debout, dans une barque vénitienne exagérément arrondie. Ils sont alignés en un éventail naïf comme des figurines de Guignol aux couleurs d'arlequins psychédéliques. À la proue, la Bretonne Chouchen apparaît en Vénus dénudée, chevelure démesurément longue au blond vénitien flottant au-dessus des autres personnages, comme une oriflamme médiévale. Claudia, à la poupe, exhibe une poitrine bien plus généreuse qu'au naturel : ses globes ronds comme des ballons semblent difficilement retenus par un boléro en filets de dentelle rouge. Un bras s'abandonne lascivement dans l'eau. Son visage est en extase mystique ou érotique, on ne sait pas bien. C'est un peu gênant. Faidherbe est représenté au milieu de l'embarcation, immense et long comme un fétiche amérindien ou un De Gaulle roux qu'aurait sculpté une tribu africaine. Comme faisant la nique au destin, il tend une main, le geste auguste en direction des flots, deux doigts pliés, index et auriculaire tendus. Dans un fauteuil pourpre, le couple Durozier est assis à la poupe, yeux ronds démesurément grands : sidérés. On n'ose pas rire parce qu'on ne comprend pas et l'artiste est susceptible. Alors on opine du chef d'un air faussement entendu. On dit « Hé ! », « Hum… », « Ah oui ! », « Oh, oh ! » en promenant un regard éperdu sur ce paysage bizarre. À gauche et en haut de la toile, une ville est représentée sans perspective, avec un entrecroisement invraisemblable de canaux écarlates le long desquels se dressent des palais majestueux bardés de colombages. Sur un fond flou qui semble confondre la mer à la terre, des vaches lévitent. Détail étrange, tout à droite en bas, sous la gondole, on aperçoit deux petites pattes de bouc qui s'agitent dans une eau d'un bleu électrique. On peut lire le titre de l'œuvre godettesque gravé en italien sur le frontispice d'un palais et qu'on pourrait traduire par « L'Ange des chutes ».

J.N. Godett attend des compliments, au moins un mot sur la continuité de son œuvre avec celle de Bruegel l'Ancien, revue par un Bernard Buffet qui aurait trempé ses pinceaux dans la palette de Chagall. Et rien ne vient. *Damned!* Tous des *fucking* Béotiens, vraiment. Seuls les *happy few*, cultivés et fortunés, prennent la mesure de son génie. C'est quand même pénible de ne pas être accessible à l'esprit du petit peuple ! Fronçant ses sourcils dessinés au fard, il se résigne cependant à pardonner à ces amoureux et donc aveugles. *OK*, il ne fera pas l'esprit chagrin en ce jour de fête. Il désigne le personnage à moitié immergé, en bas de la toile, qui rappelle sa sculpture de faune, et demande à Faidherbe :

– Mais vous ne m'avez pas dit le nom de ce *baby, dear George* ?

– Nikel…

– Nikel ?

– Oui, Nikel l'Ange.

Imprimé en France par CPI
en février 2015

Dépôt légal : février 2015
N° d'impression : 126839